그림,
눈물을
닦다

조이한의 그림 심리 에세이

그림,
눈물을
닦다

위로하는 그림 읽기, 치유하는 삶 읽기

조이한 지음

추수밭

그림이 건네주는 삶의 위안과 기쁨

블록버스터 급 전시가 한 해에도 몇 개씩 열린다. 미술에 관한 책이 쏟아져 나오고 미술사 강의에 대한 수요도 전에 비해서 많이 늘어났으며 점점 더 늘어나는 추세다. 인터넷으로 검색을 해 보면 미술 작품을 다루고 있거나 미술 이야기를 주요 카테고리로 잡고 있는 블로그가 셀 수도 없이 많다. 사람들이 미술에 대해 관심이 참 많구나 싶어 새삼 놀란다.

어떤 사람은 말한다. "미술 작품을 몰라도 사는 데 지장은 없잖아요?" 맞는 말이다. 예술에 대해 모르거나 관심 없어도 '경찰차 출동 안 하고 수갑 차는 일'도 일어나지 않는다. 나처럼 미술을 업으로 삼는 사람이 아닌 다음에야 예술 모른다고 밥 벌어먹고 사는 데 지장이 있는 건 아니다. 그럼에도 불구하고 사람들은 전시장을 찾고 책을 읽고 강의를 들으러 간다. 왜냐하면 미술은 문학이나 음악, 연극이나 영화와 마찬가지로 우리에게 위안을 주고 공감을 불러일으키며 지적 유희나 반성의 계기를 제공하기 때문이다. 또한 미술은 때로 깨달음을 주는 대상, 그것도 매우 훌륭하고 흥미로운 대상이기 때문이다.

좀 거칠게 말하자면 "사람은 밥이 없으면 살 수 없지만 밥만 가지고는 살 수 없는 존재이기도 하므로 예술이 필요하다"고 할 수 있다. 예술이 없어도 살 수는 있지만 예술이 있으면 더욱 풍요롭고 재미나게 살 수 있기 때문에 우리는 예술을 찾는다. 더군다나 오늘날처럼 사는 게 힘겹다고 느껴질 때는 지적 즐거움을 얻기보다는 공감하고 위안을 얻기 위해 예술을 찾는 사람들이 늘어난다.

삶은 참 요지경 같다. 분명히 먹고 사는 건 예전보다 훨씬 나아졌다고 하는데 삶은 더 팍팍해진 느낌이다. 옆에 있는 사람은 친구가 아니라 경쟁자일 뿐이라고 가르치는 학교에서 공부를 하고, 상대를 밟고 올라가지 않으면 자신이 밀려나는 사회에 나와서는 그냥 그 자리에 서 있는 것만으로도 힘에 겹다.

그리고 어느 날 문득 음악이 울리고 사람이 북적거리는 거리를 걸으면서 우리는 외롭다고 느낀다. 핸드폰 안에는 100명이 넘는 사람들의 전화번호가 저장되어 있지만 막상 불러낼 이름이 없어 주저하다가 그만둔다. 호화로운 상품은 쏟아져 나오는데 삶의 질은 나아지지 않는다. 수명은 늘어났지만 노인들은 행복하지 않다. 알고 싶지 않아도 알 수밖에 없는 온갖 불편하고 공포스러운 소식들로 우리들은 불안해진다. 너무 많은 범죄, 소수의 약자들을 향한 폭력, 엄마 배 속에서부터 공부하느라 지쳐 있는 아이들, 대책 없이 한순간에 일자리를 잃은 수많은 사람들, 비싼 등록금을 감수하고 받은 졸업장도 소용없는 취업률, 뒷걸음질 치는 민주주의에 안전장치 없이 곧바로 나락으로 떨어지도록 되어 있는 사회. 아무도 우리를 지켜 주지 못한다.

말해 놓고 보니 참 서글프다. 이런 상황에서 과연 예술이 위안이 될 수 있을까?

독일의 현대 행위 예술가인 요제프 보이스(Joseph Beuys)는 예술로 혁명을 일으킬 수는 없지만 예술을 행동이라고 정의한다면 사회를 변화시킬 수도 있다는 것을 보여 주었다. 행복한 사회를 만들기 위해 지금 할 수 있는 아주 작은 일이라도 '창조력'을 가지고 해 나간다면 누구나 예술가가 될 수 있고 지금의 내 행위는 예술이 된다고도 했다. 그런 적극적인 모색을 보고 들으면 없던 열정이 솟기도 하고 강 건너 도망갔던 희망도 슬그머니 돌아와 옆자리에 앉아 있는 것 같은 느낌도 든다.

하지만 꼭 그런 예술에 대한 적극적인 해석이 아니어도 예술은 우리에게 많은 기쁨과 위안을 준다. 이 책은 그런 조용하고 자그마한 이야기들을 담고 있다. 작품에 대한 이론적인 해석이나 미술사적 의미를 따지는 글이 아니라 이유가 뭔지는 모르겠는데 마음을 끌었던 작품들을 놓고 오래 생각하면서 쓴 글들을 모았다.

이 책에서 다루고 있는 작품과 그에 대한 글은 사랑에 대한 이야기이기도 하고, 삶의 무의미함에 대한 저항이나 자기 존재를 증명하고자 하는 몸부림이기도 하며, 벗어날 수 없는 고독과 절망과 슬픔에 대한 사색이기도 하고, 어떻게든 타인과 소통하고자 하는 노력이기도 하다. 그림에 대한 개인적인 생각들을 담고 있는 이 책이 누군가에게 자그마한 희망과 위로를 줄 수 있다면 그것으로 이 책의 존재 이유는 충분할 것이다.

그림을 수록할 수 있도록 허락해 주신 공성훈 선생님, 안규철 선생님, 송연재 작가님, 우베 뢰쉬님께 감사를 드린다. 그리고 위암 판정을 받고 투병 생활을 시작하신 아버지께 이 책을 바친다. 이해와 사랑에는 시간이라는 매개체가 절대적으로 필요하다는 것을 마음 깊이 깨닫게 되는 요즘이다.

조이한

차례

내 식대로 마음이 끌릴 자유,
누구에게나 있다

오귀스트 르네 로댕의 〈신의 손〉

사랑에 빠지고 싶은 아름다운 '손'

첫 번째 에피소드. 1992년 유럽 여행 도중 프랑스 니스(Nice)의 바닷가에서 중요한 것들이 모두 들어 있는 작은 가방을 잃어버렸다. 동행했던 친구가 가슴을 다 내놓고 모래사장을 걸어가는 어여쁜 아가씨들을 구경하려고 몸을 일으켰다가 그때까지 머리맡에 베고 있던 가방을 잃어버린 거였다. 아마도 우리를 쭉 지켜보며 따라다녔을 소매치기에게 허점을 노출한 결과였을 것이다. 유레일패스도, 여권도, 현금도 모두 도난당하고 너무 막막해서 바닷가에 멍청하게 앉아 있었다.

문득 어떤 기억이 기적처럼 뇌리를 스쳤다. 유학을 떠날 때 아버지께서 비상시에 쓸 일이 있을 거라며 일본 돈 만 엔을 주신 일이 떠오른 것이다. 마침 내가 갖고 온 가방이 그때 그 배낭이라는 것까지 생

똑같은 작품을 보면서도 누군가는 사랑을 떠올리고
누군가는 속박이나 자유를 생각한다.
작품에서 받는 감동은 지극히 주관적이고 개인적인 것이다.

오귀스트 르네 로댕, 〈신의 손〉, 1898~1902

각나서 가방을 뒤지니, 거짓말처럼 어느 구석에서 만 엔이 나왔다. 내 입에서는 나도 모르게 신을 찾는 말이 튀어나왔다. 우리는 그 돈으로 파리행 기차표를 샀다. 돈이 좀 모자랐으나 "너희 나라에서 도둑맞고 돌아가는 중이다, 배째라" 해 버렸다. 일단 파리까지 가서 여권을 새로 만들고 여행자 수표를 다시 발급받고 나니 배짱이 생겼다. 이왕 일이 이렇게 된 거, 파리 구경이나 하고 가자는 마음이 들었던 것이다.

프랑수아 오귀스트 르네 로댕(François Auguste René Rodin, 1840~1917)의 〈신의 손〉은 그때 파리의 로댕 미술관에서 처음 보았다. 여행에서 오는 피곤함도 있었지만 도난 사건과 경찰서 출입, 밤샘 때문에 기진맥진한 상태에서 본 로댕의 작품은 노곤하면서도 충격적이었다. 대리석은 마치 우유처럼 보였고, 커다란 손 안에 남녀가 뒤엉켜 들어 있는 모양새였다.

이 작품을 보면서 당시의 내 긴박했던 상황과 연결해 인간의 육체를 보듬는 따뜻한 신의 손을 보았다며 감격하거나, 추락하는 우리 인간을 보호하신 신의 섭리를 생각하며 감동해야 맞을 것 같긴 한데 실은 그렇지 않았다. 대신에 길고 섬세한 손가락에 뼈마디며 세세한 근육까지 만져질 것만 같은, 로댕이 신의 것이라고 생각하며 만들었을 그 손에 마음을 뺏겼던 것이다.

예술가의 손이 저렇게 생기지 않았을까 싶은 아름다운 손이었다. 나는 작가들을 만날 때면 손을 유심히 보는 버릇이 있는데 실제로 만나 본 예술가의 손은 저렇게 생기지 않아서 실망스러웠다. 그들의 손은 오랜 작업의 결과로 거칠고 투박했으며, 손톱 끝은 물감 자국으로

지저분했고 늘 상처투성이였다. 우아한 백조의 춤을 추는 발레리나 강수지의 발이 어떻게 생겼는지를 떠올린다면, 예술가의 손이 깔끔하고 매끈하지 않은 건 어찌 보면 당연한 일이다.

로댕의 작품을 보았을 때 처음으로 든 생각은, 대체 누구의 손을 모델로 했을까 하는 것이었다. 당시 나는 사람의 얼굴처럼 손에도 표정이 있다고 생각했다. 얼굴에서 특별히 눈에 매료되는 것과 마찬가지로 사람의 손에도 반하곤 했다. 저런 손을 가진 사람이라면 당장에라도 사랑에 빠지겠다.

자유를 구속하는, 벗어나고 싶은 '손'

두 번째 에피소드. 몇 년 전 니코스 카잔차키스의 소설 《그리스인 조르바》를 읽다 보니 로댕의 〈신의 손〉에 대한 대목이 나왔다. 책에는 청동으로 된 〈하느님의 손〉이라고 나오는데 아마도 같은 작품일 것이다.

영국인 작가 베이질은 그 작품을 보고 있는 한 여인에게 다가간다. 책에 묘사된 바에 따르면 여인은 머리숱이 많고 턱은 견고하고 입술은 가냘프다. 남자가 무슨 생각을 하느냐고 묻자 그 여인은 "나가 버리고 싶군요!"라고 말한다.

"나가면 어디로 갑니까! 가 봐야 하느님 손바닥 안인데… 구원은 어디에도 없습니다. 언짢으세요?"

"아니에요. 사랑이야말로 이 세상의 가장 값진 기쁨일지도 모르죠. 하
지만 저 청동 손을 보니까 도망쳐 버리고 싶군요."

"자유를 택하시겠다?"

"그래요."

"하지만 저 청동 손 속에 갇혀 있을 때만이 우리는 자유롭다고 생각을
해 보시죠. '하느님'이란 단어에는 사람들이 생각하는 것과 똑같은 의미
의 자유가 없다고 생각하세요?"

저자는 이 작품에서 '자유'에 대한 이야기를 하고 싶었나 보다. 자신
을 제약하는 상황이나 조건으로부터 벗어나려고 하는 것이 자유라고
생각하는 여인과 어떤 조건 안에서도 자유로울 수 있다고 생각하는 남
자. 여자의 눈에는 커다란 손 안의 남녀가 갑갑해서 몸부림치는 것으로
보이지만 남자의 눈에는 그것이 부자유함으로 느껴지지 않는 것이다.

무엇이 그런 차이를 가져왔을까? 남자가 지닌 자유에 대한 상이 여
자의 것보다 정말로 더 깊은 성찰에서 나온 것일까? 주옥같은 문구들
이 많이 나오는 《그리스인 조르바》는 그 어느 것에도 얽매이지 않는
진정한 자유인의 이상을 그리는 작품으로 이야기된다. 그 말에 동의
를 못하는 것도 아니지만, 솔직히 불편한 구석이 없는 건 아니다.

앞에서 인용한 저 여인과 남자 사이에는 분명한 시각 차이가 존재
한다. 마음만 먹으면 모든 것을 훌훌 벗어 던지고 신에게도 엿 먹어
라, 하고 떠돌아다니면서 아무 데서나 쓰러져 자고 운이 맞으면 육체
노동으로 밥벌이를 하며 살 수 있는 남자의 조건과 당시 여인의 조건

은 전혀 다르기 때문이다. 만약 여인이 남자가 하는 것과 똑같이 했다가는 금방 몹쓸 짓을 당하고 죽지 않으면 다행일 것이다. 할 수 있는데 하지 않는 것과 할 수 없어서 포기하는 것은 다르다. 그러므로 소설 속 여인이 "저 손을 보니까 달아나고 싶다"고 이야기한 것이 진정한 자유를 몰라서라고 하는 것은 부당하다.

뜨거운 사랑의 기억을 떠올리게 하는 '손'

세 번째 에피소드. 서울시립미술관에서 열린 로댕 전시회에서 〈신의 손〉을 보았다는 지인은 작품을 보는 순간 최승자 시인의 〈청파동을 기억하는가〉라는 시를 떠올렸다고 했다. 젊은 날 뜨겁게 사랑했던 기억을 오랫동안 잊지 못해 괴로워했으나, 더 나이 들어서는 서로 사랑했던 그 기억만으로도 충분히 행복하다고 말하던 사람이다.

나는 오래전 읽었던 그 시를 기억하지 못해 집에 와서 책장을 뒤졌다. 최승자의 《이 시대의 사랑》은 1981년에 초판이 나왔으나 내가 갖고 있는 것은 1986년도에 찍은 것이다. 지금은 거의 볼 수 없는 인지가 책의 마지막 장에 찍혀 있다. 2,000원이라는 가격이 새삼스러운 그 오래된 시집에 〈청파동을 기억하는가〉가 있었다.

겨울 동안 너는 다정했었다.
눈(雪)의 흰 손이 우리의 잠을 어루만지고

우리가 꽃잎처럼 포개져

따뜻한 땅속을 떠돌 동안엔

봄이 오고 너는 갔다.

라일락꽃이 귀신처럼 피어나고

먼 곳에서도 너는 웃지 않았다.

자주 너의 눈빛이 셀로판지 구겨지는 소리를 냈고

너의 목소리가 쇠꼬챙이처럼 나를 찔렀고

그래, 나는 소리 없이 오래 찔렸다.

찔린 몸으로 지렁이처럼 기어서라도,

가고 싶다 네가 있는 곳으로.

너의 따뜻한 불빛 안으로 숨어들어가

다시 한번 최후로 찔리면서

한없이 오래 죽고 싶다.

그리고 지금, 주인 없는 해진 신발마냥

내가 빈 벌판을 헤맬 때

청파동을 기억하는가

우리가 꽃잎처럼 포개져

눈 덮인 꿈속을 떠돌던

몇 세기 전의 겨울을.

시를 반복해서 읽는다. 읽을수록 가슴이 아려 오는 아픈 시다. 19세기 프랑스에서 활동한 조각가와 20세기 한국의 청파동이라니 이 얼마나 어울리지 않는 조합이냐 싶지만 시를 읽으며 조각을 보면 또 감흥이 새롭다.

여기서 신의 손은 '몇 세기 전' 너와 내가 '꽃잎처럼 포개져' 다정하게 서로를 탐닉할 때 '우리의 잠을 어루만'져 주던 '눈의 흰 손'이 되는 것이다. 똑같은 작품 앞에서 이렇게 다른 감상을 하다니 신기하지 않은가? 하지만 이게 진실이다. 어떤 이는 〈신의 손〉을 보고 저런 손을 가진 남자와 사랑에 빠지고 싶다는 생각을 하고, 어떤 이는 벗어나거나 그 안에서 거칠 것 없이 풍요로운 자유를 떠올리고, 어떤 이는 쇠꼬챙이처럼 찌르는 떠나 버린 애인의 목소리에 찔리면서 그와 내가 꽃잎처럼 포개져 사랑을 나누던 시절을 떠올리는 것.

'풍크툼', 오직 내게만 꽂혀 가슴을 흔드는 것

그러고 보니 문득 떠오르는 이야기가 하나 있다. 어딘가로 가는 버스 안에서 흘러나오던 라디오에서 진행자가 사연을 읽고 있었다. 주제는 '눈물을 흘리며 감동적으로 보았던 영화 이야기'이다. 누군가는 〈사랑과 영혼〉을 보며 '폭풍 눈물'을 흘렸다고 하고, 어떤 이는 〈엄마 없는 하늘 아래〉가 그랬다고 했는데, 그중에 〈뽕〉을 보고 한없이 울었다는 사연이 소개되었다. 읽고 있던 진행자도 풋, 웃음을 터뜨렸고 듣고 있던 나도 소리 내어 웃고 말았다. 하고 많은 영화 중에 〈뽕〉을 보고 울다니… 너무 한 거 아니야?

그런데 사회자가 정색을 한다. "아니, 이거 웃을 일이 아니에요. 〈뽕〉을 보면서 누에를 길러 우리 형제들을 키우신 부모님 생각이 나서 영화를 보는 내내 눈물을 흘렸습니다, 라는 사연입니다." 그렇다. 누군가는 웃음을 터뜨리고야 마는 성적인 영화를 보면서 전혀 어울리지 않게 한 소재에 집중하여 고생하신 부모님을 떠올리며 울 수도 있는 것이다.

우리가 감동을 받은 부분이 무엇인지에 대해 다른 이를 설득할 수는 없다. 다른 사람은 다 웃는데 나 혼자 울음을 터뜨릴 수도 있다. 오직 내게만 섬광처럼 꽂혀 가슴을 흔들어 놓는 것, 뭔가에 찔린 상처처럼 아파 오는 것, 그것을 롤랑 바르트는 '풍크툼(punctum)'이라고 하지 않았던가.

살아온 날의 기억을 간직한 채 지금 이곳에 서 있는 내가 누구도 주목하지 않는 작품의 세부에 시선이 가고 흔들리고 감동하는 것, 그 감동이 순전히 나의 개인적인 경험에서 오는 것이기에 다른 이는 공감하기 힘든 것, 그래서 그런 내 감정을 다른 누구에게 설명할 수도 없는 것, 그것이 바로 바르트가 말하는 '풍크툼'이다.

이렇게 작품에서 받는 감동은 지극히 주관적이다. 내게는 말할 수 없이 소중하지만 남들에게는 하찮은 것으로 여겨지기도 하는 것이다.

PART 1

미칠 것 같다면, 세상에 나를 소리쳐

저항,
무의미한 삶에서
의미를 발견해야 하는
인간의 숙명

베첼리오 티치아노의 〈프로메테우스〉

신들의 제왕에게 저항한 프로메테우스

한 남자가 바위에 쇠사슬로 사지가 묶여 있다. 불편한 자세다. 그의 몸통 위에 검은 독수리 한 마리가 앉아 있다. 펼친 날개, 날카로운 부리. 위협적이다. 독수리는 남자의 가슴 부위를 쪼아 먹는 중이다. 남자는 고통과 공포 때문에 몸을 피하려고 애쓰지만 어쩔 도리가 없다. 도대체 무슨 일이 일어나고 있는 것일까?

제우스에게 저항한 프로메테우스처럼,
인간은 저항함으로써 무의미한 삶에서 의미를 발견하고
자신의 존재를 증명한다.

베첼리오 티치아노, 〈프로메테우스〉, 1549경

베첼리오 티치아노(Vecellio Tiziano, 1488~1576)가 그린 이 그림 속 남자는 프로메테우스다. 그리스 신화에 따르면 티탄족인 프로메테우스는 제우스가 숨겨 놓은 불을 인간에게 몰래 훔쳐다 주었고, 그 일로 제우스의 노여움을 사 이런 형벌을 받게 되었다. 코카서스 산 정상에 묶여 독수리에게 간을 쪼아 먹히는 끔직한 벌이다.

프로메테우스는 추위와 배고픔으로 쉽게 죽어 가던 인간에게 불을 전해 줌으로써 인간이 문명을 일으키고 배고픔에서 해방되도록 했다. 그러나 제우스가 금지한 신의 불을 훔친 대가는 혹독했다. 그의 간은 밤새 재생되었고 독수리는 매일 반복해서 그의 몸통을 쪼아 댔기 때문이다. 더욱 끔직한 것은 그 고통이 언제 끝날지 모른다는 것이었다. 기간이 정해져 있지 않은 고문은 희망을 가질 수 없으므로 더욱 절망적이다.

그런 상황을 상징적으로 보여 주는 건 그림의 오른쪽 아래에 그려진 뱀 한 마리다. 좀 뜬금없이 등장한 뱀 때문에 사람들은 잠시 어리둥절해진다. 그리스 신화 속 일화를 그리면서 기독교의 사탄의 상징을 덧붙였을 리는 없고 대체 이것은 왜 여기서 얼쩡거리고 있을까? 독수리로도 모자라서 뱀까지 그를 위협하는 것일까?

알 수 없는 일이지만 티치아노는 고대의 상징을 여기로 가져왔을지도 모른다는 생각이 든다. 기독교가 공인되기 전까지 고대 세계에서 뱀은 사악한 사탄의 상징이라기보다는 땅을 온몸으로 기어 다니며 땅의 변화를 제일 먼저 알아차리는 신성한 동물이자 다산의 상징이었다. 또한 자기 꼬리를 물고 있는 형상을 통해 '영겁회귀(永劫回歸)'를 나타냈다.

기독교에서 역사는 처음과 끝이 있다. 태초에 신께서 말씀으로 세상을 창조하시고 결국에는 심판을 하러 예수께서 재림할 것이며 인류는 종말을 맞게 된다. 시간은 창조부터 종말까지 일직선을 향해 질주한다. 하지만 고대의 시간관은 끝없이 반복되는 영겁회귀다. 화가는 뱀을 그려 넣음으로써 이 형벌이 영원히 반복되는 지독한 것임을 강조하려고 했던 게 아닐까.

기존의 세상에 저항하는 예술가들

사람들이 이 일화에 대해 보이는 반응은 다양하다. 어떤 이는 "그러게 왜 쓸데없이 제우스 신에게 반항을 하고 그랬을까요? 까라면 깔 것이지…"라고 한다. 그에게 프로메테우스는 오지랖 넓게 인간사에 개입하여 화를 자초한 멍청이다. 그래서 그는 아마도 프로메테우스가 이토록 엄청난 벌을 받을 줄 알았다면 절대로 그런 무모한 행동은 하지 않았으리라 짐작한다.

그런 사람들은 이 일화에서 '순종'을 교훈으로 끄집어낸다. "신으로 상징되는 권위에는 절대로 저항하지 말아야 한다. 덕분에 인류는 불을 얻어 문명을 일으켰지만 지금 문명이 인간을 얼마나 타락시키는지를 보면 그가 인류에게 불을 가져다 준 것은 오히려 비극의 시작이다"

라고 과감하게 주장하기도 한다.

　하지만 또 다른 사람들은 프로메테우스를 자신의 분신처럼 생각하기도 한다. 대표적인 예가 예술가다. 그들은 프로메테우스에게서 예술가의 모습을 보았다. '질풍노도'의 시대에 살았던 위대한 문학가 괴테의 《시와 진실》이라는 책에는 프로메테우스를 주제로 쓴 시가 있다. 이 시는 제우스를 두려워하지 않는 프로메테우스의 독백이다.

　제우스여, 당신의 하늘을

　짙은 구름으로 가리시구려!

　그리고 엉겅퀴 꺾는 어린아이처럼

　높은 산꼭대기 위 떡갈나무에나

　당신의 능력을 드러내 보이시구려!

　그러나 내 땅은 그대로

　내버려 두어야만 할 것이오.

　당신이 짓지 않은

　내 오두막과

　내 아궁이를 건드리지 마시오.

　당신은 이글거리는 아궁이의 불 때문에

　나를 부러워하지.

　태양 아래 그대들 신보다

　더 가련한 존재를 나는 알지 못하오!

가련하게도 그대들은

희생 제물과

기도를 바치는 입김에서

그대들의 위엄의 자양분을 얻을 뿐이오.

희망에 찬 바보 같은

아이들과 거지들이 없다면

굶주렸을 것이오.

아무것도 모르는

어린아이였을 때

불안하게 흔들리는 눈동자를

태양을 향해 돌렸지. 마치 저 위에서

내 고통을 듣고 있는 귀가 있기라도 한 것처럼

내 것 같은 심장이 있어

핍박받는 자를 가련히 여기기라도 하는 것처럼.

누가 티탄의 오만함에 맞서서

나를 도와주었나?

누가 죽음에서, 노예 상태에서

나를 구해 주었나?

네 스스로 그것을 이루어 내지 않았던가?

너는 성스럽게 불타오르는 심장을 지니고 있지 않은가?

열정을 지니고 젊고 선하지만

속임을 당한 네가 구원해 줘서 고맙다는 감사의 말을

저 위에 잠들어 있는 자에게 해야 하는가?

내가 그대를 존경해야 하는가? 무엇 때문에?

당신은 무거운 짐을 진 사람의

고통을 완화시켜 준 적이 있는가?

불안해하는 자의 눈물을

멈추게 한 적이 있는가?

나를 사나이로 만든 것은

나와 당신의 지배자인,

전능한 시간과

영원한 운명이 아닌가?

당신은 망상을 하고 있는가

내가 삶을 증오하고

황야로 도망칠 거라고?

아주 어린 시절

꿈꾸었던 바람이 다 이루어지지 않았다는 이유만으로?

나는 여기 앉아 인간을

내 모습을 본떠 빚어낸다

나와 같은 종족을,

고통받고, 울고,

향유하고 즐거워하는

그리고 나처럼

그대를 존경하지 않는 종족을.

　예술가들이 프로메테우스를 자신의 분신으로 삼은 이유는 '예술가는 기존의 것에 저항하는 자'라는 생각 때문이다. 그들의 상상력은 때때로 위험했고 사람들은 이해하지 못했지만, '비록 세상이 날 알아주지 않는다 해도, 내 예술을 이해하지 못하고 나를 그저 밥만 축내는 룸펜이라고 무시할지라도, 나는 예술로 세상에 저항하는 것을 멈출 수 없다'고 말하는 듯한 비장미가 그 안에 담겨 있다. 주위의 몰인정을 숙명처럼 안고 살아가야 하는 대다수의 가난한 예술가들은 '그럼에도 불구하고' 자신이 살아가야 할 존재 이유를 찾아야만 했던 것이다.

저항, 인간이 인간일 수 있는 조건

설사 끝나지 않을 고통을 벌로 받을지라도, 인간은 자신의 의지로 생을 개척하고 부조리한 삶에 대항함으로써 자기 존재를 증명한다는 생각. 저항하는 것만이 이 무의미한 삶에서 의미를 발견하는 것이라는 생각. 그것은 카뮈의 사상과도 닿아 있다.

유신론자라면 자신이 태어난 것에 숨겨진 신의 뜻이 있다고 믿고 어떤 어려움이 있어도 신께 의존할 수 있겠지만, 신을 믿지 않는 사람이라면 그런 생각은 아무런 울림을 갖지 못한다. 우연히 세상 속에 던져진 인간은 삶의 무의미함을 견뎌야 하고 그 안에서 자기 존재를 의미 있는 어떤 것으로 만들어야만 한다.

이 세상은 부조리하다. 무의미한 인생들이 무의미하게 만들어 가는 것이므로 이 세상은 원래 부조리할 수밖에 없다. 인간이 할 수 있는 것은 그 부조리하고 무의미한 삶을 끝장내든지(자발적으로 죽음을 선택하거나, 모든 것을 포기하고 그냥 아무 생각 없이 사는 것으로 끝을 내거나) 아니면 어떻게든 무슨 수를 써서라도 살아 내는 것이다.

카뮈가 말하는 방법은 부조리에 맞서고 저항함으로써 살아가는 것이다. 완성된 인격을 지켜 내는 것이 아니라 만들어 가는 과정 속에서 삶의 의미를 보는 것, 즉 '과정으로서의 삶'이다. 그러므로 여기서 저항, 반항은 인간이 인간일 수 있는 조건이 된다.

예술가들은 프로메테우스에게서 현재 자신이 받고 있는 고통을 보았고, 몰이해와 온갖 부조리함에도 불구하고 자신이 옳다고 믿는 바를 위해 살았던 인간의 '의지'와 '저항 정신'을 보았다. 프로메테우스의 모습은 예술가들에게 이상적인 자아상이 되었다. 그래서 수많은 예술가들이 프로메테우스를 주제로 그림을 그렸던 것이다.

그러나 이것은 어디까지나 '이상(Idea)'이다. 이상은 현실에서 쉽게 실현될 수 없기 때문에 '이상'이다. 이상과는 달리 현실에서 예술가들은 자주 좌절하고 타협하고 순종한다. 그래서 우리가 현실에서 발견하는 예술가들은 때때로, 아니 자주, 지질하고 나약한 모습이다. 하지만 그렇다고 해서 이상이 포기되는 것은 아니다. 아니, 어쩌면 그렇기 때문에 이상은 더욱 찬란한 빛을 발하는지도 모른다. 모두가 이상적으로 산다면 그 이상이 값져 보이겠는가.

티치아노가 그린 그림의 원제는 〈티티오스〉이다. 티티오스는 가이아의 자식이라고도 하고 제우스가 오르코메노스의 딸 엘라레와의 사이에서 낳았다고도 한다. 거인으로 태어난 그는 레토를 겁탈하려 하다가 제우스와 레토 사이의 자식들인 아폴론과 아르테미스에게 살해당한다. 호메로스의 《오디세이아》에 따르면, 그는 저승에 가서도 두 손이 묶인 채 두 마리의 독수리 혹은 뱀에게 간이 쪼아 먹히는 벌을 받았다고 한다.

티치아노의 이 그림에 등장하는 뱀과 독수리 때문에 〈티티오스〉라는 제목이 붙었지만 프로메테우스와 티티오스가 받은 형벌이 워낙 비슷해서 프로메테우스로 보는 견해도 있다.

살아 있음의 절규!
나를 잊지 말아요

아나 멘디에타의 〈무제〉, 〈신체적 특성〉, 〈멕시코에서의 실루엣 작업〉

피로 찍은 존재의 증명… 나는 살아 있어요

아나 멘디에타(Ana Mendieta, 1948~1985). 익숙지 않은 이름이다. 내가 처음으로 본 그녀의 작품은 흰색 티셔츠와 어두운색 바지를 입은 그녀가 붉은색 물감으로 보이는 것을 손바닥에 묻혀 벽에 흔적을 남기는 모습이 찍힌 사진이었다. 그녀는 손을 위로 활짝 펴고 벽에 대고 누른 뒤 천천히 주저앉으면서 흔적을 만들어 냈다. 마치 깊은 상처를 입은 듯 그녀의 손바닥을 타고 피처럼 보이는 선이 불규칙하게 그어졌다.

그런데 그 흔적이 물감이라고 하기엔 너무 유려하지가 않았다. 꼭 피처럼 보였다. 하지만 그게 정말 피일 거라고는 생각하지 못했다. 나중에 기록을 보고 그게 피인 줄 알았다. 물론 동물의 피였겠지만 벽에 남겨진 그 흔적이 '피처럼 보이는 물감'이라고 생각했을 때와 '진짜 피'라는 걸 알게 되었을 때의 느낌은 뚜렷하게 달랐다.

이것은 1974년과 1982년에 했던 퍼포먼스의 흔적이다. 1982년도 기록을 보니 4월 8일 저녁 8시 30분에 뉴욕의 프랭클린 퍼니스(Frank-lin Furnace)로 알려진 공간에서 퍼포먼스를 한 것이다.

관객은 불이 꺼진 어두운 공간에 앉아 있고 오직 무대 공간에만 불이 켜져 있었다. 벽에는 세 개의 빈 종이가 붙어 있었다. 사전에 어떤 예고도 없이 갑자기 커다란 북소리가 침묵을 뚫고 울리기 시작했다. 흰 티셔츠를 입은 멘디에타가 나타나서 곧장 벽 쪽으로 걸어갔다. 그녀는 대접에 담겨 있던 동물의 피와 템페라가 섞인 용액에 깊숙이 손을 집어넣었다가 뺐다. 그러고는 손을 높이 들어 올려 첫 번째 종이에 대고 확고하게 그 표면을 누르며 아래로 몸을 가라앉히기 시작했다. 그래서 첫 자국은 손가락 모양이지만 그것은 몸이 아래로 내려감에 따라 선을 그으며 이어지게 된다.

그녀는 이 행위를 다른 두 종이에 연달아 반복했다. 행위를 마친 작가는 다시 어둠 속으로 사라졌고 관객들만이 어두운 객석에 남았다. 조명을 받은 무대 위의 흰 종이 위에는 피로 그어진 그녀의 손자국이

아나 멘디에타, 〈신체적 특성〉(Body Tracks), 1982

아나 멘디에타, 〈무제〉(Body Tracks), 1974

피로 찍은 손자국은
죽어 가는 사람이 혼신을 다해 자신이 살아 있음을,
혹은 살아 있었음을 증명하는 것처럼 보인다.
보세요, 나는 살아 있어요. 나를 죽었다고 말하지 말아요.

보였다.

　상상 속에서 나는 이 퍼포먼스를 재현한다. 피로 찍은 손자국… 내게는 좀 충격적이다. 이것은 자기 존재를 증명하기 위한 일종의 핸드 프린팅이었을까? 옛날 옛날 아주 오랜 옛날 거시기만 겨우 가린 원시인들이 어두운 동굴에서 풍요로운 사냥을 기원하며 동물 그림을 그린 후 손가락을 쫙 펴고 입으로 물감을 뿜어 자신의 흔적을 남기거나, 할리우드 스타가 유명 관광지 보도에 자신의 손자국을 남기는 것처럼? 그런데 왜 하필 그 재료가 피여야만 했을까?

　어쨌든 그 과정을 알지 못하는 내가 보기에 맨 마지막에 남겨진 자국은 죽어 가는 사람이 혼신을 다해 자신이 살아 있음을, 혹은 살아 있었음을 증명하는 것처럼 보였다. 보세요, 나는 살아 있어요. 나를 죽었다고 말하지 말아요. 나를 살려 주세요.

상처를 드러내고 마주하고 치유하다

작품은 작가가 만들지만 감상의 측면에서 보자면 이것은 보는 이의 심리를 반영한다. 그녀의 작품은 아프다. 상처가 그대로 느껴지는 것만 같다. 아픔이란 본래 지극히 주관적인 것이라 심리 상담 하는 셈 치고 주절거린다면 모를까, 내가 느끼는 아픔의 구체적인 형태를 아무 데서나 말하는 건 곤란하다.

하여간 나는 이렇게 직접적으로 자신의 상처를 드러내는 작품을 별로 좋아하지 않는다. 그래서 2004년에 뉴욕에 갔을 때 휘트니 미술관에서 열린 그녀의 회고전 소식을 접하고도 별로 가고 싶지 않았다. 어찌어찌해서 전시회에 다녀오고 두꺼운 카탈로그까지 샀지만 그녀와 그녀의 작품에 대해 자세히 알아볼 생각은 하지 않았다.

그러다가 우연히 다른 곳에서 그녀의 작품과 마주쳤다. 인터넷에 누군가 그녀의 생애와 작품을 올려 놓은 것이다. 잊고 있던 상처가 도진 것처럼 아릿했다. 보고 싶지만 동시에 보고 싶지 않은 이중적인 마음. 하지만 언젠가는 정면으로 마주해야 할 것 같은 상처다. 그녀의 작품을 보는 것은 내게는 얼마간 용기가 필요한 일이었다.

멕시코의 한 해변에 만들어진 〈실루에타〉 시리즈 중 하나인 이 작품은 해변 모래밭에 그녀의 몸 자국을 남기는 것으로 시작한다. 그녀의 몸 부피만큼 모래가 파여 있다. 파인 부분에 피를 상징하는 붉은색 템페라가 채워진다.

시간이 흐르고 해변의 가장자리에 만들어진 멘디에타의 몸 윤곽선 안으로 파도가 치면서 바닷물이 찼다가 빠져 나간다. 그에 따라 그 실루엣을 채우고 있던 핏빛 물감이 물과 함께 쓸려 나간다. 모래 위에 찍힌 그녀의 몸은 양팔을 들어 올려 마치 나무와 같은 모양새를 띤다. 그것은 멘디에타 자신의 존재를 확인하는 도장과도 같은 역할을 한다.

그런데 딱히 멘디에타의 몸이라고도 할 수 없다. 그것은 멘디에타 개인을 넘어선 그냥 여성의 몸, 보편적인 여성의 신체다. 땅에 찍은 몸 도장. 그리고 잠시 있다가 파도가 밀려온다. 하얀 포말을 동반한

해변에 찍힌 여성의 몸,
그리고 그 안을 채운 붉은 물감은 상처를 그대로 드러내는 것만 같다.
파도가 칠 때마다 몸을 채우고 있던 핏빛 물감이
바닷물과 함께 쓸려 나간다. 마치 아픔을 조금씩 치유하듯이.

아나 멘디에타, 〈멕시코에서의 실루엣 작업〉, 1973~1978

물은 그녀의 몸을 부드럽게 건드린다. 그녀는 그 물을 받아들인다. 붉은 물감이 바닷물과 섞여 잠시 몸 안에서 부유하다 쓸려 나간다. 모래 위 그녀의 몸 흔적은 물이 들어왔다가 나가는 것이 반복되면서 점차로 옅어지다가 마침내 완전히 사라진다.

이것은 작가의 고향 쿠바와 이 퍼포먼스가 행해진 멕시코의 민간 신앙적인 전통과 관련이 있을 것으로 짐작된다. 그러나 그것과 상관없이 작품 자체가 주는 아우라가 있다. 상처와 치유의 퍼포먼스 같은 것. 모르겠다. 내게는 그게 그렇게 보인다. 사진으로밖에 볼 수 없어 상상력을 동원해야 하지만 어쩌면 그래서 더 감동적으로 느껴지는 건지도 모른다.

자신의 몸의 흔적을 이용한 이 실루에타 작업은 다양한 방법으로 변주되었다. 나신으로 피를 묻힌 뒤 천에 찍거나, 모래에 찍힌 몸 자국 위에 붉은 꽃잎을 흩어 놓거나, 부드러운 흙더미에 만들어진 몸 윤곽선 안에 깔아 놓은 골판지 주변을 흰옷으로 감싸고 불이 잘 붙는 용액을 부어 불을 붙여서 마치 제사를 지내듯 태우는 것 등이다. 불이 다 타고 나면 그 안에는 재가 남는다. 이 모든 것들은 자연 공간에서 행해졌다.

지금까지 보았듯이 그녀는 자신의 몸을 사용한다. 거기에 더해 땅이나 흙, 나무나 풀, 선인장, 눈, 포도 덩굴, 클로버, 돌, 먼지, 야생화, 이끼 등의 자연도 사용한다. 자연물과 자신의 몸을 재료로 사용하니 그 작품의 수명은 순간적일 수밖에 없다. 시간이 흐르면 원본은 사라지고 마는 것이다. 한번 세상에 와서 격렬히 살았어도 우주적인 시각에서 본다면 아주 미미한 흔적밖에 남지 않는 것처럼 그녀의 작품도 그렇게 사라진다. 미미한 흔적은 필름이나 비디오, 슬라이드 사진 등의 기록으로 남았다.

예술의 뿌리가 된 어린 시절과 이방인의 삶

궁금증이 인 나는 그제야 그녀의 작품 카탈로그를 집어 들었다. 1948년 쿠바 출생. 어릴 때 그녀의 가족은 종종 쿠바의 바라데로(Varadero)라는 곳의 해변에 모여 휴가를 보냈다고 한다. 친척 아이들은 모래벌판에서 흙과 물을 오가며 지냈다. 아마도 그때의 기억이 그녀로 하여금 줄곧 해변에서 모래나 다른 자연물과 함께 작업하도록 했을 거라고 한다.

아버지 이그나시오 멘디에타는 카스트로 정부를 돕고 있었으나 은밀하게는 미군에 협력했고 아나와 여동생 또한 반혁명적인 문서를 나눠 주었다는 혐의를 받아 위험에 처하게 된다. 가족들은 그들을 안전한 곳으로 피신시키기로 결정했다. 그녀는 열세 살에 부모도 없이 오직 여동생 한 명과 함께 쿠바를 탈출하여 미국으로 망명했다.

나중에 이야기할 에바 헤세도 그랬지만, 아나 멘디에타도 어릴 때 가족들과 헤어져 죽을지 살지 모르는 여행을 하고 낯선 곳에서 적응하며 '살아남아야' 하는 경험을 했다. 아무리 쉽게 생각한다고 해도 보통 사람들은 하기 힘든 특별한 경험이다. 그런 극적인 경험과 기억이 그들에게 심리적 상흔을 남겼고, 그들이 나머지 생애 동안 반복적으로 그것을 되새김질하며 예술을 통해 치유하려 했으리라는 건 충분히 짐작할 수 있는 일이다.

멘디에타 가족은 그 후 오랫동안 헤어져 있다가 1966년에야 아이오와에서 다시 만나게 된다. 하지만 아버지 이그나시오는 반혁명 분자로 체포되어 감옥살이를 하다가 1978년에 스페인으로 망명했고, 1979년이 되어서야 미국으로 와서 가족들과 재회한다.

그 사이 아나 멘디에타는 고등학교를 졸업했는데 이방인으로서 미국에서 생활하기가 순탄하지만은 않았을 것이다. 조국의 어지러운 정치적 상황, 라틴 아메리카인이라는 소수민족으로서, 그리고 여성으로서 살아가는 삶. 그녀는 자신이 남들과 다르다는 것, 인간이 생김새가 다르다는 이유만으로 서로 다르게 취급받는다는 것을 깨달았고 도대체 그 차이가 어디에서 오고 무엇을 남기는지에 대해 눈을 떴다고 한다.

미술을 공부하고 행위 예술에 집중하게 되면서, 그녀는 자연 속에서 자연과 함께 자신의 신체를 이용하여 작업했다. 그래서 그녀의 작업은 대지예술(주로 사막, 산악, 해변, 설원과 같은 대자연 속에서 자연물을 소재로 작업하는 미술 경향)이면서 신체 퍼포먼스다. 그녀는 자신의 예술을 '대지-육체 예술(Earth-Body Art)'이라고 불렀다.

그녀의 작업은 남성 예술가들이 했던 기념비적인 대지예술과는 다른 지점에 서 있다. 이는 대표적인 대지예술 작가인 로버트 스미스슨(Robert Smithson)이나 마이클 하이저(Michael Heizer) 등의 작품과 비교

해 봐도 금방 알 수 있다. 이들의 작업이 주로 거대하고 기념비적인 작품을 만들거나 자연물에 물리적 힘을 가해 외형을 변형시키는 것인데 반해, 멘디에타의 작업은 작가 본인이 자연과 매우 밀착된 형태로 자연에 어떤 손상도 가하지 않는 양식이다. 자연에 대한 존경심을 유지한 채 땅에 인간의 흔적을 조심스럽게 남김으로써 땅과 인간의 관계를 겸손하게 만들어 나가는 느낌이다.

객관화된 언어로 표현되지 않는 아픔

그녀의 생애를 중요한 연도별로 정리해 놓은 도표를 읽다가 깜짝 놀란다. 30대 후반에 이르러 결혼을 하는데 그녀의 남편이 미니멀 아티스트로 잘 알려진 칼 안드레(Carl Andre)로 나오기 때문이다.

칼 안드레는 미국의 조각가로, 조각은 수직적인 구조를 갖는다는 생각을 깨고 처음으로 수평적인 조각을 선보인 작가다. 벽돌이나 강철, 주석, 알루미늄 같은 딱딱한 재료들을 가지고 공장에서 찍어낸 듯 똑같은 규격의 정사각형 조각으로 만들어 여러 개를 바닥에 깔았다. 그게 거리의 보도블록이 아니라 조각이라니, 받아들이기 쉽지 않았을 것이다.

미니멀리즘은 작가의 손의 흔적이라거나 감정 같은 것들을 작품에 드러내지 않는 것이 특징이다. 이러한 미니멀리즘의 정수로 알려진 칼 안드레와 지극히 예민하고 감정적인 작업을 하는 아나 멘디에타의 결합이라니, 언뜻 상상이 잘 되지 않는다.

그리고 갑작스러운 그녀의 죽음. 그녀는 뉴욕 그리니치빌리지에 있는 34층 아파트 건물에서 투신자살로 생을 마감한다. 겨우 서른여섯 살이었고 결혼 생활 8개월 만의 일이었다. 자살이 아니라 남편이 살해한 것이라는 의심이 있었지만 결국에는 자살로 결론이 났다. 죽은 자는 말이 없다.

그녀는 금방 사라져 버리는 재료들을 가지고 작업하기 때문에 작품은 사라지고 기록만이 남는다. 그래서 사진, 비디오, 영화 필름 등의 기록물들이 중요해진다. 땅, 진흙, 풀, 꽃, 재, 불, 촛불, 바위, 피, 깃털, 물을 가지고 하는 작업은 제의적이고 조각적인 형태를 띤다.

궁금증이 일었다. 왜 나는 그녀의 작품이 이렇게 아플까? 지금 우리가 보는 것처럼 그녀의 몸은 예술적 도구이자 개념적 언급이다. 여성의 형상을 담은 흔적이며 낸시 스페로(Nancy Spero)의 표현을 따르자면 "보편적인 여성 형상의 양식화된 상징"이다. 사람들은 이 작품들이 고통받고 인내하는 여성의 전형적인 표식으로서 상징적 의미를 담고 있다고 말한다. 나는 그런 객관화된 학문적 언어로 그녀의 작품을 볼 수가 없다.

나는 당신이 알고 있는 내가 아니다

아메데오 모딜리아니의 〈모자를 쓴 여인〉
알베르토 자코메티의 〈안네트의 초상〉

눈동자가 없는 여인의 초상화

길쭉한 얼굴, 상아로 깎은 조각처럼 늘씬하게 뻗은 콧날, 새초롬하게
다문 빨간 입술, 사슴만큼이나 슬프도록 긴 목. 그림 속 인물은 디테
일이 생략된 채 매우 단순화된 얼굴이다. 기다란 손가락 하나, 왼쪽
턱에 살짝 대고 있다. 예쁘고 사랑스러워 보이고 싶을 때 하는 포즈라
고나 할까?

바라봄은 오해의 시작이기도 하지만 그럼에도
우리는 여전히 눈을 통해 타인을 알고자 한다.
그리고 결국에는 서로를 영원히 알 수 없다는 결론에 도달한다.

아메데오 모딜리아니, 〈모자를 쓴 여인〉(큰 모자를 쓴 잔 에뷔테른), 1917

　그림 속 여인은 모딜리아니의 부인 잔 에뷔테른이다. 너무나 슬픈 그들의 러브 스토리는 모딜리아니의 그림만큼이나 유명하다. 작가의 인생과 작품을 연결해서 보려고 하는 사람들의 욕망을 완전히 없앨 수는 없지만, 그의 그림을 언제나 비극적인 사랑과 관련지어 봐야 하는 건 아니다. 그러므로 우리는 잠시, 좀 냉정한 마음으로 그림을 살펴보자.

　그녀는 챙이 넓은 모자를 쓰고 머리를 살짝 기울인 채 우리를 향해 있다. 나는 여기서 "우리를 바라보고 있다"라고 쓰지 못한다. 그 이유는 그녀에겐 눈동자가 없기 때문이다. 모딜리아니. 눈동자가 없는 눈을 그리고 이상한 거울 속 이미지처럼 길게 늘여진 얼굴을 그리는 화가. 참 이상하지 않은가? 그는 왜 초상화에서 눈동자를 제거해 버렸을까? 사람의 얼굴에서 눈동자가 얼마나 많은 의미를 담고 있는지 모르지 않을 텐데 말이다.

　문득 이 지점에서 깨닫는다. 그가 제거한 눈동자 덕분에 우리가 얼마나 많은 생각을 하게 되는지…. 우리는 종종 말로 표현된 것보다 말해지지 않은 것에서 더 많은 것을 읽어 낼 수도 있다는 사실을 말이다.

가난한 화가와 젊은 처녀의 비극적 사랑

아메데오 모딜리아니(Amedeo Modigliani, 1884~1920)는 이탈리아 리보르노의 유대인 가정에서 태어났다. 태어나길 약골로 태어났던 모양이다. 늑막염, 장티푸스, 폐렴 등 어려서부터 온갖 병을 앓았다. 열아홉 살에 베네치아의 미술 연구소에 들어가 미술 교육을 받고 파리로 돌아온 그는 서른두 살이 되던 1917년, 아직 소녀티를 벗지 못한 여자에게 첫눈에 반한다.

당시 열여덟 살이던 잔은 화가가 되고 싶어 파리로 와서 몽파르나스의 가난한 예술가들과 어울려 지내고 있었다. 조숙하고 당돌하고 반항적이던 그 젊은 처녀와 모딜리아니의 사랑은 정열적이었으나 쉽지 않았다. 잔의 부모가 끼니를 걱정해야 할 정도로 가난하고 나이 든 화가에게 딸을 주고 싶어 하지 않았기 때문이다. 모딜리아니는 무명이었고, 겨우 개인전을 열었지만 누드 작품이 문제가 되어 전시를 시작한 지 몇 시간 만에 문을 닫아야 했던 불운한 화가였다.

하지만 그들은 부모의 반대를 무릅쓰고 사랑을 이어 나갔고 니스로 도망치듯 떠나 그곳에서 함께 살았다. 아이도 낳았다. 하지만 비극은 끝나지 않았다. 폐결핵, 술, 마약, 지독한 가난. 또 잔의 부모는 모딜리아니에게서 딸을 빼앗아 오기를 수차례. 이거야 원, '딸 납치 사건'까지 벌여야 하는 부모의 심정은 또 어땠을까?

모딜리아니도 결국 파리로 돌아왔으나 결핵성 뇌막염으로 병원에 실려 간 지 3일 만에 숨을 거두었다. 그리고 이틀 뒤, 1920년 1월 26일 새벽에 잔 또한 자살로 생을 마감했다. 가족과 함께 머물던 아파트 5층에서 투신한 것이다. 잔의 나이는 겨우 스물두 살이었고, 배 속에는 둘째 아이를 임신한 상태였다.

모딜리아니의 그림을 이야기할 때면 사람들은 언제나 그들의 비극적인 사랑을 덧붙여 이야기한다. 그의 그림이 언제나 애조를 띠는 이유는 아마도 그래서일 것이다.

•

눈을 통해 타인을 알 수 있을까

•

그림을 둘러싼 그들의 사랑 이야기에서 풍겨 나오는 비극의 그림자를 걷어 내고 다시 냉정하게 그림을 관찰한다. 내 관심사는 여전히 '그려지지 않은 눈동자'에 머문다.

사르트르적 의미에서 '타자는 나를 바라보는 자'이다. 우리는 누군가를 보면서 상대를 객체로 만든다. 나는 너를 바라보면서 너에 대해 내 맘대로 해석하고 그렇게 함으로써 너를 객체화한다. 반대로도 마찬가지다. 너는 나를 바라보면서 실제의 나와는 상관없이 네 맘대로 나를 해석하고 이해했다고 생각함으로써 나를 객체화한다. 나의 주체성은 그렇게 '바라봄'을 통해서 만들어진다.

하지만 내가 타인을 바라볼 때 그는 내가 자기에 대해 무슨 생각을 하는지 알 수 없고, 그것은 반대로 말해도 마찬가지다. 타인은 나를 바라보고 나를 객체화하지만 그가 그런 나를 바라보면서 무슨 생각을 하고 있는지 나는 모르고 그것에 대해 아무런 권리도 갖고 있지 않다. 너는 나를 바라보지만 네가 나를 보며 하는 생각까지 내가 규정할 수는 없는 것이다.

모딜리아니의 그림에서 여성 혹은 대상은 눈동자가 없다. 그림을 그리는 모딜리아니는 그녀/그를 바라보지만 그림 속 그녀/그는 눈동자가 없으므로 화가를 보지 않는다(혹은 보지 못한다). 바라보는 자는 오직 화가다. 상대에게서 눈동자를 지워버림으로써 화가는 자신이 객체화될 수도 있는 위험 요소를 애초에 제거해 버린다. 바라보는 자는 오직 화가 한 사람이다. 시선을 독점한 자가 누리는 절대적인 힘.

그러나 그만큼 그는 외롭다. 왜냐하면 타인의 시선에 포착되지 않은 나는 그만큼 안전하지만 상대의 눈에 보임으로써 사랑받을 수 있는 가능성 또한 차단되기 때문이다. 그가 그린 초상화를 보면서 고독해지는 건 아마 그것 때문인지도 모르겠다.

눈동자가 없는 이상한 그림 때문에 내 생각은 계속해서 가지를 친다. 누군가를 알고 싶을 때 우리는 그의 눈 속을 가만히 들여다본다. "말은 속일 수 있어도 눈은 속이지 못해요"라고 말하기도 한다. 하지만 우리는 안다. 때로 그 순한 눈동자로 사람을 속이기도 한다는 것을. 그럼에도 불구하고 우리는 여전히 눈을 통해 그 사람을 알고자 한다. 상대가 사랑하는 이라면 그 갈망은 더욱 커진다. 그러나 우리는 내가 아닌 타인을 진정으로 알 수는 없다. 롤랑 바르트는 《사랑의 단상》에서 이렇게 말한다.

나는 이런 모순에 사로잡힌다. 나는 그 사람을 누구보다도 잘 알고 있고, 또 그에게 그 사실을 의기양양하게 시위한다("난 당신을 잘 알아요, 나만큼 당신을 잘 아는 사람도 없을걸요!"). 그러면서도 나는 그 사람의 마음을 꿰뚫어 볼 수도, 찾아낼 수도, 다룰 수도 없다는 명백한 사실에 부딪히게 된다. 나는 그 사람을 열어젖혀 그의 근원까지 거슬러 올라갈 수도, 수수께끼를 풀어헤칠 수도 없는 것이다. 그는 어디서 온 사람일까? 그는 누구일까? 나는 기진맥진해진다. 나는 그것을 결코 알지 못할 것이다.

인물의 보이지 않는 실체를 그리려는 노력

그림 속 그녀에게 눈동자를 그려 넣지 않음으로써 나는 시선을 독점했으나, 그녀가 나를 볼 수 없는 만큼 더더욱 그녀의 마음을 꿰뚫고 들어갈 수 없다. 우리는 서로를 영원히 알 수 없다. 그런 '불편한 진실'을 극명하게 보여 주는 작가가 알베르토 자코메티(Alberto Giaco-metti, 1901~1966)다.

자코메티에게는 특히 사람이 중요했다. 그는 처음부터 동물이나 정물이 아닌 사람을 조각했고 끊임없이 사람의 초상에 매달렸다.

내가 아는 어떤 화가는 자타가 공인하는 뛰어난 묘사 솜씨를 지녔음에도 불구하고 자기 자신을 제외한 다른 사람의 얼굴을 그리지 않았다. 그에게 이유를 묻자 "초상을 그리면 그 사람 인생에 너무 많은 개입을 하는 것처럼 느껴져요. 그게 부담스럽습니다"라고 말했다.

초상화 그리기나 인물 조각상 제작의 부담스러움과 난감함. 이를

눈앞에 있는 사람이, 보면 볼수록 더 멀어지고
낯설게 느껴진 적이 있는가. 어쩌면 낯설어지면 질수록
우리는 그 사람의 실체에 가까이 다가간 것인지도 모른다.
위태롭고 고독한 인간의 모습에.

알베르토 자코메티, 〈안네트의 초상〉, 1958

짐작케 하는 흔적을 우리는 자코메티의 조각에서 본다. 우리는 볼수록 멀어져 낯설게 되어 버린 사람을, 그리고 조각하는 예술가를 떠올릴 수 있다. 그는 눈앞에 보이는 사람이 아니라 눈에 보이지 않는 그 사람의 실체를 그려 내려고 했다. 그러고 보면 자기 아내의 모습을 왜 저렇게 그렸는지도 이해할 수 있을 것 같다. 아마도 실물은 다르게 생겼을 것이다. 저 초상화를 보고 실제로 그녀를 만난다면 못 알아보고 지나칠 가능성이 높다.

겨우 저렇게 거친 선으로 북북 그어 놓고 그림의 주인공에게 당신 초상화라며 내밀기가 민망하지 않았을까 싶기도 하다. 황망하게 뜬 눈은 깊게 파인 것처럼 보인다. 인물 주변은 회색으로 마치 지우려다 만 것처럼 뭉개 놓았다. 양미간과 가슴 아랫부분, 그리고 앉아 있는 하체 주변에는 불이라도 난 것처럼 붉은색 물감이 타오른다. 그래서 화가 난 듯 보이거나 절망스러운 느낌마저 든다.

예술가의 부인이었던 그녀가 행복하지 않은 상태라는 것쯤은 충분히 느껴진다. 그리고 그런 그녀를 오랫동안 앞에 앉혀 놓고 화가는 그림을 그린다. 둘 사이에 흐르는 긴장. 우리는 이 초상화에서 그 긴장감을 오롯이 느낀다.

"모델을 많이 보면 볼수록, 그의 실재와 나의 실재 사이의 막이 더 두꺼워졌다. 포즈를 잡고 있는 사람을 보는 것으로 작품을 시작하지만, 점차 가능한 모든 그의 조각상이 끼어들었다. 그의 사실적인 모습이 사라질수록, 그의 두상은 점점 더 낯설어진다. 이제 더 이상 그의 외모나 크기,

또는 다른 어떤 것도 확실히 알 수 없다. 모델과 나 사이에 너무나 많은 조각이 있었다. 그리고 아무런 조각상도 남아 있지 않게 되자, 누구를 봤는지 또는 보고 있는지를 알 수 없을 정도로 완전히 낯선 인물이 있었다."

자코메티의 말이다. 그는 조각을 할 때도 본질을 찾아 겉을 깎고 또 깎았다. 조각이 자꾸만 작아져서 나중에는 성냥갑 속에 들어갈 만큼 축소되기도 했다고 한다. 불확실하고 이해할 수 없는 우주 속 인간의 고독을 형태적으로 묘사하려는 노력. 위태로운 현실에 처한 인간의 모습. 박민규가《죽은 왕녀를 위한 파반느》에서 묘사한 것처럼 "나는… 너를 알 수가 없다. 너를 바라볼수록 너는… '전파처럼' 흩어진다. 나는 너를 수신할 수가 없다".

나 는 너 를 , 너 는 나 를 결 코 알 수 없 다

상대방의 머릿속에서 나는 허구의 인물이다. 그들은 나를 실제보다 과장하거나 축소시켜 기억한다. 나는 고집스럽거나 한없이 너그럽고 표독스럽게 비판을 해대거나 냉정하게 사태를 파악하지만 입을 다물어 버린다. 나는 하늘을 이고 도리질을 할 정도로 꼿꼿하거나 당당할 수도 있고 다른 장소에서는 얼굴에 부드러운 미소를 띠고서는 시종일

관 겸손한 어투를 유지할 수도 있다. 내 안의 그 어떤 것도 고정되어 있거나 일관되지 않지만 사람들은 나를 자기들이 기대하는 대로 변형시키고 해석하고 각인시켜 버린다. 나는… 당신이 인식하는 틀 안에서 규정되어 버린다.

내가 그것을 알아채는 순간 그 머릿속의 상에 나를 맞춰야 할지 말아야 할지 갈등이 생긴다. 그러다가 어느 순간 불편해져 버린다. 당신 머릿속의 나는 내가 아니다. 그것은 철저히 당신의 창조물이다. 나는 때로 그 사람이 창조해 낸 이야기 속의 한 존재로 남아 있기보다 그와의 관계를 청산해 버리기로 결정한다. 그러고는 그를 잃어버린, 내가 놓아 버린 그 끈을 애달파하며 운다.

다시 그림으로. 롤랑 바르트의 말을 빌리자면, 당신 눈 속에 비친 내가 없으므로 당신이 나를 어떻게 보고 있는지 모르고, 그렇기 때문에 '나 역시 당신을 해독할 수 없다'. 그것이 우리가 알고 있는 '불편한 진실'일 것이다.

사랑하면 할수록 더 잘 이해하게 된다는 말은 사실이 아니다. 사랑의 행위를 통해 내가 체득하게 되는 지혜는, 그 사람은 알 수 있는 사람이 아니라는 것, 그러나 그의 불투명함은 어떤 비밀의 장막이 아닌 외관과 실체의 유희가 파기되는 명백함이라는 것이다. 그리하여 나는 미지의 누군가를, 그리고 영원히 그렇게 남아 있을 누군가를 열광적으로 사랑하게 된다. 신비주의자적인 움직임: 나는 알 수 없는 것의 앎에 도달한다.

—롤랑 바르트, 《사랑의 단상》 중

"내가 웃는 게
웃는 게 아니야"

제임스 엔소르의 〈가면에 둘러싸인 엔소르〉
질리언 웨어링의 〈나는 절망적이다〉

가면을 쓰고 사는 사람들

2009년에 두 달 동안 뉴욕에 머물 때였다. 모마(MoMA)라는 약칭으로 불리는 현대미술관에서 벨기에 화가 제임스 엔소르(James Ensor, 1860~1949)의 기획 전시회가 열리고 있었다. 세계 각지에 흩어져 있는 엔소르의 주요 작품들이 한자리에 모였다.

화집으로만 봤던 그의 작품들을 실제로 보면서, 재미있고 통쾌하면

우리는 가면을 쓰고 살아간다.
때로는 무엇이 가면이고 무엇이 내 진짜 얼굴인지 구분되지 않는다.
가면 뒤에서 우리는 종종 눈물을 흘리고
누군가 진짜 내 얼굴을 봐 주길 기다리는지도 모른다.

제임스 엔소르, 〈가면에 둘러싸인 엔소르〉, 1899

서도 섬뜩하고 무서운 느낌을 받은 기억이 난다. 상상과 환상, 현실에 대한 조롱과 비판, 자기 자신에 대한 냉소적인 시각이 과장되고 비틀리고 왜곡된 형상을 통해 표현된 작품들이었다. 특히 〈가면에 둘러싸인 엔소르〉는 여러 생각이 들게 하는 그림이었다.

당시 나는 겉으로는 '지나치게' 친절하지만 고개가 채 돌아가기도 전에 표정을 바꾸는 미국 사람들 사이에서 종종 멀미 같은 것을 느끼던 터였다. '모두 가면을 쓰고 사는 것 같아.' 속으로 얼마나 이 말을 자주 되뇌었는지 모른다. 일본 사람만 겉모습과 속마음이 다른 게 아니다. 한국 사람 중에도 표리부동한 이들이 너무나 많고 미국도 예외가 아니었다. 어쩌면 현대 사회 자체가 그럴지도 모른다. 문명이 발달하면 할수록 우리는 본 모습을 숨기며 살아가야 하는 것인지도.

때로는 교양이라는 이름으로, 때로는 배려라는 이름으로 행해지는 것들이 자주 위선과 거짓으로 위장되어 있음을, 우리는 잘 알고 있지 않은가. 그 속에서 우리는 자주 외로움을 느끼고 아무도 자신을 이해하지 못한다는 생각에 괴로워하지 않았던가. 후에 한국으로 돌아와서 사르트르의 〈구토〉를 읽다가 다음과 같은 대목을 만났다.

나는 이 즐겁고 제법 이치에 맞는 태연한 목소리들 복판에서 외롭다. 그 모든 작자들은 제 생각을 말하고, 자기들의 의견이 같다는 것을 기쁘게 확인하며 시간을 보내고 있다. 모두들 함께 같은 일들을 생각하고 있다는 것을. 제기랄, 그들은 얼마나 중요하게 생각하고 있는 것일까. 그것은 그들 사이에 분명히 자기들의 내면을 노려보고 있는 듯이 보이는, 그리고 결코 그들과는 의견이 일치할 수 없는 물고기 같은 눈을 가진 한 인간이 들어올 때, 그들이 짓는 얼굴 표정을 보기만 해도 충분히 알 수 있다.

사르트르가 혹시 제임스 엔소르의 이 그림을 보고 글을 쓰진 않았을까 싶은 대목이 아닌가.

또 하 나 의 가 면 이 되 어 버 린 얼 굴

이 그림에 대해 또 다른 생각을 하게 된 건 일반인 대상의 아카데미에서 강의를 할 때였다. 강사인 내가 그림과 사회적 배경에 대해 설명하기 전에 수강생들이 천천히 보고 느낀 것을 말하는 시간이었다. 전쟁과 경쟁, 끊임없는 변화, 발전의 압박 속에서 인간들이 얼마나 피폐해져 가는지, 그런 모습이 작품 속에서 어떻게 표현되는지를 설명하는 맥락에서 표현주의의 선구로 알려진 엔소르의 〈가면에 둘러싸인 엔소르〉가 등장했다.

사람들은 한참을 머뭇거렸다. "우스꽝스럽고 그로테스크하네요." "제목을 보니 저 얼굴들이 모두 가면이라는 말일 텐데, 솔직하지 못하고 자기 자신을 숨기며 살아가야 하는 시대를 풍자적으로 그린 그림 같습니다." "가면들 사이에 오직 작가만이 빨간 모자를 쓰고 관객을 보고 있군요. 오직 자기만 가면을 쓰지 않은 맨얼굴이라는 사실을 강조하고 싶었나 봅니다. 오로지 나만 진실해, 뭐 그런?"

나는 수강생들이 자체적으로 감상하는 가운데 더 다양한 의견이 나오기를 바라면서 긍정적인 응대만 할 뿐 가급적 코멘트를 하지 않고 기다리고 있었다. 그때 한 젊은이가 말했다.

"글쎄요. 저 그림이 '나만 맨얼굴이다. 나만 가식적이지 않다'라고 하는 걸까요? 저는 오히려 다르게 보이는데요? 처음 이 그림을 봤을 때 작가의 맨얼굴이 있다고 보이지 않았거든요. 모두 다 가면처럼 보였어요. 작가가 관객을 보면서 '너희가 지금 보고 있는 내 얼굴이 나의 본 모습인 것 같으냐? 이것 또한 내 가면이다'라고 하는 것처럼 보였다고나 할까요?"

나는 조심스럽게 놀랍다는 반응을 보였다. 그것은 일반적으로 책에 나와 있는 것과는 다른 해석이었지만 매우 색다르며 창의적이었던 것이다. 한 번도 그렇게 보지는 않았지만 어쩌면 우리가 보고 있는 엔소르의 저 맨얼굴도 그가 취하는 또 하나의 가면일지도 모르지 않는가.

가면은 사람의 본 모습을 감추는 역할을 한다. 엔소르도 처음에는 그렇게 가면 뒤에 본 모습을 감춘 사람을 그렸다. 하지만 시간이 지나면서 점차로 가면은 그 사람의 얼굴로 대치된다. 가면과 얼굴이 구분되지 않는 시점이 오는 것이다. 무슨 이유로든 어떤 '척'을 하면서 산 기간이 오래되면 내가 원래부터 그런 사람이었는지, 아니면 가식적으로 그런 척을 하고 있는 것인지 헷갈리기도 한다.

엔소르는 이처럼 가면으로 둘러싸인 세계, 그 가상의 위협이 우리에게 던져 주는 막연한 두려움과 꼬집어 말할 수 없는 불안을 시각적으로 보여 준다. 그래서 그의 그림에는 언제나 "가면을 쓴 공포", 우리 문화를 지배하는 "거짓과 위선의 상징", "유령 같은 사회"라는 말들이 따라다닌다.

기괴한 그림으로 시대를 야유한 화단의 이단아

제임스 엔소르는 벨기에의 오스텐드 출생이다. 브뤼셀의 왕립 아카데미에 다녔지만 아카데미즘의 전통적인 방식에 지루함을 느끼고 반항하다가 자퇴했다. 그는 생과 사, 인간의 우매함을 특유의 환상적인 화면으로 그려 낸 화가다.

그의 그림에는 유난히 가면과 해골, 망령 등이 자주 등장한다. 가식적이고 솔직하지 않은 부르주아 사회의 위선을 빗댄 그림으로 해석되곤 한다. 일찌감치 괴상한 가면무도회 그림으로 알려진 그의 작품들은 대부분 20대 중반에서 30대 중반 사이에 그려졌다. 즉, 19세기 후반에 그려진 작품들이 대부분이라는 건데, 프랑스에서 인상주의가 등장하고 많은 화가들이 야외에서 바로 그림을 그리던 시대였다는 사실을 떠올리면 그의 화풍이 얼마나 이질적이었는지 짐작할 수 있을 것이다.

진보적인 인사들과 교분을 나누었던 엔소르는 권력자와 기득권 세력을 조롱하는 작품을 많이 남겼다. 그는 당대의 최고 권력자들이 엉덩이를 까고 똥을 누고 그 똥을 아래에 있는 대중들이 받아먹는 그림을 그리기도 했다. 때때로 그 내용이 과격해서 사람들을 당혹스럽게 만들었다.

아카데미를 그만둔 그는 1883년에 '20인회'라는 진보적인 예술가 단체에 가입하여 상징주의와 아르누보 등 당대의 혁신적인 양식을 받아들였다. 20인회는 모네, 쇠라, 로트레크, 르동, 세잔 등의 전시회를 열었는데, 고흐가 생전에 유일하게 팔았던 작품이 바로 이들이 조직한 전시회를 통해 팔렸다는 점은 주목할 만하다. 그의 작품은 매우 기괴했고, 연극적이었으며, 풍자적이었다. 시대에 대한 야유를 하고 있다는 느낌을 주었기 때문에 그의 그림은 자주 급진적으로 받아들여졌고 사람들은 그의 작품에 불경스럽다는 딱지를 붙였다.

엔소르는 일부러 도발을 하려는 사람처럼 보였고, 그의 작품을 본 사람들은 당혹스러워했다. 그는 진부한 일상에서 허위의 요소들을 벗겨 내고 환상적인 요소를 결합하여 작품에 담아낸 화가, 과장하고 단축하고 왜곡함으로써 파멸과 위선을 드러내고 기이함, 낯섦, 불길함을 보여 주는 화가라는 평가를 받았다.

하지만 그는 동시에 섬세한 색채 화가이기도 하다. 사물은 빛에 의해 왜곡되어 보이는데, 그는 그것을 이용하여 자신의 주관적인 표현을 극대화시킬 줄 알았다. 초기에 사실적으로 그렸던 그림이 갈수록 환상적이고 상상으로 가득 찬 화면으로 변한다. 강박관념과 불안, 꿈과 현실을 뒤섞어 일상의 평범한 장면을 무시무시하고 불안한 것으로 바꿔 놓는다. 유머와 공포를 뒤섞어 관람자를 불편하게 만드는 방식이다.

그의 그림은 오랫동안 인정받지 못했고 평단은 그를 외면했으며 가족들은 그를 비난했다. 그는 자기 작업실에 틀어박혀 홀로 작업만 했다. 화와 짜증을 잘 내고 우울하며 공격적인 성격이었다고 한다. 왜 안 그렇겠는가? 아무도 자신을 이해하지 못하고 자신의 작업도 인정받지 못하며 사람들에게서 이상한 놈 취급만 받는데. 그런데도 비뚤어지지 않는다면 그는 초인이거나 득도한 사람일 것이다.

왜 가면이라는 소재를 선택했는지에 대해 그는 이렇게 말한다.

"나는 가면이 지배하는 고독한 세계 ─온갖 폭력과 빛과 위엄의 세계─를 되도록 가까이하지 않으려 했다. 가면은 내게 신선한 색조, 과장된 표현, 화려한 장식, 예기치 않은 몸짓, 자유로운 움직임, 격렬한 소란을 의미했다."

엔소르에게 가면은 기만적인 군중보다는 자기 내면의 세계, 불안, 환상을 나타낸다고 한다. 타인의 모습이 아니라 자기 자신의 모습인 것이다.

울리케 베크스 말로르니는 《제임스 엔소르》라는 책에서 〈가면에 둘러싸인 엔소르〉에 대해 이렇게 말했다.

엔소르는 가면을 쓴 인물들에게 압도당한 듯 보이는데, 이 인물들의 창백한 얼굴과 번들거리는 입술은 화가의 강박관념을 표현하고 있다. 즉, 그는 주위 사람들, 특히 군중을 두려워했는데, 인간 본성의 심연을 파헤쳐 보면 부드러운 외관 밑에 잔인함이 감추어져 있기 때문이다.

젊어서 줄곧 아웃사이더로 살던 엔소르는 일흔 살이 되어서야 겨우 대중적인 인정을 받았고, 1929년 알베르 1세가 그에게 남작의 작위를 수여하기도 했다. 심지어 그의 장례식은 국장으로 치러졌다. 확실히 예술가는 오래 살고 볼 일이다.

웃고 있지만, "나는 절망적이다"

엔소르의 〈가면〉을 보고 나면 마치 한 쌍의 짝처럼 질리언 웨어링(Gillian Wearing, 1963~)의 사진이 떠오른다. 밝은색 머리를 단정하게 빗은 착해 보이는 청년이 양복에 넥타이까지 매고 우리를 향해 서 있다. 그의 눈과 입가에는 미소가 어려 있다. 길거리에서 그를 만나면 주저 없이 길을 물어도 좋을 것 같은 인상이다. 그런데 그런 그가 손에 들고 있는 종이에는 "나는 절망적이다"라는 문장이 쓰여 있다. 그의 겉모습과 문구가 너무 어울리지 않아 잠시 어리둥절해진다. 어느 유행가의 노랫말처럼 "내가 웃는 게 웃는 게 아니야"라고 말하는 것일까?

얼굴에 미소를 띤 청년이 진짜 하고 싶은 이야기는
"나는 절망적이다" 라는 말이었다.
울고 싶을 때도 웃는, 웃어야 하는 사람들.
정말 필요한 것은 억지웃음이 아니라 진정으로 흘리는 눈물 아닐까.

질리언 웨어링, 〈나는 절망적이다〉, 1992~1993

이것은 작가가 길거리에서 만난 평범한 사람들에게 "남들이 듣고 싶어 하는 이야기가 아니라 본인이 진짜로 하고 싶은 이야기를 적어 달라"고 요청한 결과물이다. 그렇구나… 착하고 친절하게 보이는 미소의 젊은이는 속으로는 절망감을 호소하고 있는 것이다. 그는 왜 절망적일까? 애인과 헤어졌거나 부인으로부터 이혼 통고를 받았을까? 방금 회사로부터 해고 통지를 받았을까? 돈을 쏟아부은 주식 투자에서 쪽박을 찬 것일까? 아니면, 우울증을 앓고 있을까? 어쩌면 우리 모두는 저 청년과 같은 모습을 하고 있는지도 모르겠다.

감정 노동 시대, 외부와 내면의 불일치

오랜 유학 생활을 마치고 2005년도에 귀국했을 때 내가 느낀 가장 커다란 차이점은 우리 사회가 필요 이상으로 친절하다는 것이었다. 114에 전화를 걸었을 때는 "사랑합니다, 고객님"이라는 말로 전화를 받는 교환원의 목소리가 튀어나와 깜짝 놀랐다. 나를 언제 봤다고 사랑한다는 걸까 하는 의구심과 함께 사랑이라는 말이 너무 흔하구나 하는 서글픈 마음까지 들었다. 아무튼 매우 심사를 복잡하게 만드는 인사말이다.

백화점 개점 시간에 들어가면 일렬로 늘어서서 90도 각도로 인사하는 직원들 사이로 어정쩡하게 걸어가야 했으며, 극장 매표소에서도 양손을 어깨 높이에 대고 딸랑딸랑 흔들어 대면서 "사랑합니다"라고 하는 소리를 들어야 했다. 대형 마트에 가면 화장실을 찾아 밖으로 나왔다가 다시 들어갈 때마다 정성 들여 인사하는 사람들 때문에 곤혹스러웠다.

그러고는 얼마 안 있어 '감정 노동'이라는 단어를 들었다. 앨리 러셀 혹실드라는 미국의 사회학자가 《The Managed Heart(관리되는 마음)》라는 책을 펴내면서 널리 쓰이게 된 개념이다. 그것을 한국어로 번역하면서 《감정 노동》이라는 제목이 되었다.

감정 노동이란 서비스 업종에 종사하는 사람들이 실제 자신의 감정을 겉으로 드러내지 않고 직무를 수행해야 하는 것을 의미한다. 고객이 아무리 막무가내로 우겨도, 말도 안 되는 억지를 부려도 조직에서 요구하는 바대로 행동해야 하는 사람들을 '감정 노동자'라고 한다. 그들은 자신의 감정을 드러내면 안 되는 사람들이다. 그렇기 때문에 그들이 느끼는 긴장감은 커지고 외부의 요구와 내면의 욕구가 어긋나면서 오는 좌절감과 스트레스는 극심할 수밖에 없다.

이것은 무엇이든 사고파는 자본주의 사회에서는 사람의 감정마저 상품처럼 포장되어 진열되어야 함을 보여 준다. 속으로는 부당하다고 느끼고 화가 나서 부글부글 끓지만 표현해서는 안 되는 것이다. 억눌린 감정은 다른 곳에서 폭발하게 되어 있다. 어떤 이는 술을 먹고 풀거나 타인을 향한 폭력으로 해소하기도 하지만 대부분의 착하고 평범한 사람들은 스스로의 몸에 그 폭력을 휘두른다. 우리 사회에 그토록 폭력이 난무하는 건 어쩌면 평소에 자신의 감정을 제대로 표현하지 못하고 살기 때문인지도 모른다.

감정 노동에 종사하는 사람들의 몸은 긴장과 스트레스를 견뎌 내지 못하고 이상 증세를 보이게 된다. 왜 아니겠는가. 그것은 위장병, 불면증, 편두통, 신경 불안증, 우울증으로 이어지고 심각한 경우에는 자살에 이르게 된다.

나의 진짜 얼굴을 찾아야 한다

일하는 사람은 일하는 사람대로 스트레스가 쌓이지만 솔직히 우리에게 친절은 표면적인 것에 머물러 있다. 매일 그렇게 친절한 미소와 인사를 받지만 정작 도움이 필요해서 찾으면 제대로 된 서비스를 받지 못할 때가 많기 때문이다. 그런 상황 속에서 매 순간을 살아야 하는 우리들의 초상은 사르트르가 쓴 것처럼 "손아귀에 담긴 일종의 구토증"을 꾸역꾸역 삼키면서 "걱정에서 벗어나지도 못하고 절망 속에 깊이 빠져 버리지도 못한 채 '옹졸'하게 되어 버린" 모습으로 나타난다.

여기에 더 억지스러운 상황이 덧붙여진다. 그 우울증에서 벗어나기 위해 하루에 최소한 10분만이라도 억지로 웃으라는 '웃음 치료'까지 생겨나, 우리는 강요 아닌 강요를 받는다. 웃으면 뇌에서 엔도르핀이 나와 저절로 치료가 된단다. 그렇게 TV 화면 속에서 '하하하' 웃는 사람들을 보면서 "저러다 진짜로 돌지"라고 혼잣말을 하곤 한다. 쓸쓸

한 자화상이 아닐 수 없다.

하지만 정작 우리에게 필요한 건 그러한 억지웃음이나 거짓으로 뇌를 속이는 행동이 아니라 화가 날 때 적절하게 자신의 감정을 표현하는 것이다. 분노가 솟구칠 때 그것을 참기만 한 사람들은 어떻게 표현하는지를 모른다. 그래서 엉뚱한 곳에 화풀이를 하거나 자기 몸을 해친다.

참기만 하는 것도 좋지 않지만 그렇다고 있는 그대로 폭발시키는 것도 바람직하지 않다. 슬픔이나 절망, 분노와 기쁨 등 자신의 감정을 적절한 수준에서 표현하고 솔직하게 털어놓는 것, 겉과 속을 일치시키는 것이 우리에겐 절실히 필요하다. 그리고 어쩌면 우리에게 더 필요한 것은 웃음이 아니라 진정으로 흘리는 눈물일지도 모른다.

PART 2

주저된다면, 사랑마저 반역할 것

사랑은,
상대의 눈에 비친
나를 사랑하는 것

미켈란젤로 메리시 다 카라바조의 〈나르시스〉

자신과 사랑에 빠진 나르시스, 그리고 그를 사랑한 화가들

한 목동이 있었다. 그의 이름은 나르시스. 그의 얼굴은 너무나 아름다워 요정들조차도 한눈에 반할 지경이었다. 어느 날 호숫가에서 물에 비친 자기 모습을 본 나르시스는 그것이 자신의 모습인 줄도 모른 채 사랑에 빠지고 말았다. 무엇을 물어도 아무런 대답을 하지 않는 그 아름다운 소년을 하염없이 바라보기만 하다가 결국 그는 굶어 죽고 말

사랑할 때 우리는 상대방이 아닌
상대의 눈에 비친 나와 사랑에 빠진다.
자기애가 부족한 사람은 자신을 아름답게 비춰 주고
사랑해 줄 사람을 찾아 끊임없이 헤맨다.

미켈란젤로 메리시 다 카라바조, 〈나르시스〉, 1598~1599

았다. 그가 죽은 자리에서 꽃이 피어났다. 사람들은 그 목동의 이름을 따서 그 꽃을 나르시스라고 불렀다. 우리나라 이름은 물가에 피는 꽃, 수선화다.

미켈란젤로 메리시 다 카라바조(Michelangelo Merisi da Caravaggio, 1571~1610)의 〈나르시스〉에는 호수의 수면에 비친 자기 모습에 넋을 빼앗긴 소년이 그려져 있다. 어두운 배경 속에서 뭔가에 홀린 듯 수면을 바라보고 있는 소년의 모습만이 두드러져 보인다. 그는 안타까운 마음에 물속의 소년에게 더욱 가까이 가고자 양팔을 짚고 몸을 숙인다. 그러면 물속의 소년도 자기에게 다가온다.

몸을 숙인 소년과 물 위에 비친 이미지는 손과 손으로 서로 연결되어 하나의 원을 이룬다. 원으로 이어진 그들은 하나의 완벽한 세계다. 마치 사랑하는 이들이 서로를 열렬히 바라보면서 다른 이들의 개입을 허용하지 않는 것처럼 그들도 시선만으로 견고하게 연결되어 있다.

하지만 그들은 서로를 만질 수가 없다. 만지려 하면 사라져 버리는 사랑하는 사람의 모습. 학자들은 후에 이 소년의 일화를 들어 '자기애(自己愛)'를 설명했다. 소년의 이름에서 유래한 '나르시시즘'은 자기 자신이 리비도의 대상이 되어 스스로의 육체를 탐하고 쾌감을 얻는 것을 일컫는 정신분석학적 용어다.

정신분석학에 따르면 인간은 발달 과정에서 일정한 시기에 이 나르시시즘의 단계를 반드시 거치게 되어 있다. 하지만 사랑의 대상은 변해야 한다. 어린아이도 일정한 시기가 지나면 거울 속 이미지를 자기 자신으로 인식할 줄 알게 되는데, 저 정도 나이에 그걸 하지 못한다면 당연히 문제가 될 것이다. 만약 사랑의 대상을 타인에게서 찾는 다음 단계로 나아가지 못한다면 그는 성장할 수 없다. 영원히 어린아이로 남아 있는 것이다.

하지만 나르시스를 특별히 더 사랑한 사람들이 있었으니 바로 화가들이다. 화가들은 자기 동일시의 대상으로 나르시스를 선택하곤 했다. 카라바조도 그런 화가들 중 하나다.

그 둘, 화가와 나르시스는 대체 무슨 관련이 있을까? 한 가지 가능한 해석은 예술가들이 아름다운 대상에 탐닉하는 존재라는 것이다. 나르시스처럼 사랑의 대상이 어떤 존재인지 명확히 하지 못하면 종종 죽음에 이르기도 하는 것이다.

그런데 화가들이 나르시스를 좋아한 이유는 단지 예술가들이 미에 탐닉하는 존재이기 때문일까? 그럴 수도 있지만 아직 확실하지는 않다. 만일 그렇다면 화가들은 유아기적 자기애에 빠진 사람이라는 뜻일까? 그럴지도 모르겠다. 왜냐하면 스스로의 능력에 대한 최고의 확신이 없다면 예술가로 살아남기 힘들기 때문이다.

당대에 대중적으로 널리 인정받아 성공한 예술가보다는 주변의 몰인정을 무릅쓰고 외길을 걸을 수밖에 없었던 예술가가 더욱 많으므로 그들의 자기애는 불가피할지도 모른다. 예술가에게 나르시시즘은 성장하면서 지나치는 하나의 과정이 아니라 살아남기 위해 반드시 필요한 생존 기제일지도 모르겠다.

우리는 상대의 눈에 비친 자신의 모습을 사랑한다

이런저런 생각을 하고 있을 때 우연히 파울로 코엘료가 쓴《연금술사》의 원문을 오디오 북으로 듣게 되었다. 그 첫 대목은 흥미롭게도 나르시스에 대한 새로운 일화로 시작한다.

한 현자가 나르시스가 빠져 죽은 연못가에서 그 소년에 대해 생각하고 있었다. 이때 물속에서 울고 있는 요정을 보았다.

"아, 너도 아름다운 나르시스가 사라져서 슬피 우는구나."

그 말에 요정이 눈을 동그랗게 뜨고 물었다.

"나르시스가 아름다웠나요?"

현자는 그 반응이 신기했다.

"그럼, 너는 무엇 때문에 여기서 슬피 우는 것이냐?"

"저는 나르시스가 아름다운지는 몰랐습니다. 다만, 그의 눈에 비친 내 모습이 너무 아름다워 매일 그것을 보러 왔었는데 이제 그가 죽어 버려 더 이상 내 모습을 볼 수 없게 되었기 때문에 슬피 우는 것입니다."

현자는 그 말에 "허허, 그 또한 아름다운 이야기구나" 했다는 것이다. 그는 대체 무엇이 아름답다고 말하는 걸까?

나는 직업상 여러 사람들을 만나는데 그중에는 유독 나이 든 독신자들이 많다. 그들은 한결같이 사랑을 하고 싶지만 사랑할 대상이 없다고 말한다. 그 말은 '사랑에 빠질 만큼 괜찮은 사람'이라는 의미일 것이다.

첫눈에 반하거나, 아니면 한참 후에 새삼 사랑에 빠지거나 간에 사람들은 흔히, 말로는 표현하기 힘든 상대의 어떤 점이 나로 하여금 사랑에 빠지도록 한다고 믿는 경향이 있다. 그런데 위의 이야기대로라면 우리는 상대의 눈에 비친 자기 모습과 사랑에 빠지는 거라고 봐야 한다.

상대방의 눈에 비친 내 모습이라니… 혹시 '자기 모습이 비칠 정도로 크고 맑은 눈을 가진 사람'이라고 해석하는 사람도 있을까? 만약 그런 눈을 가진 사람이라면 당연히 금세 사랑에 빠질 수도 있을 것이다. 그게 아니라면 그 말은 어쩌면 '자기 모습을 아름답게 비춰 주는 사람'이라는 의미일지도 모르겠다. 상대에 따라 자신의 어떤 모습이 부각되어 나타나는 것은 사실이기 때문이다.

현재의 파트너 관계에 만족스러워하는 어떤 사람은 자신이 원래부터 화를 잘 내지 않고 침착하며 어떤 상황에서도 냉정함을 잃지 않고 우아한 사람이라고 생각할 수도 있다. 하지만 그도 다른 누군가와의 관계에서는 성마르고 때로 막말을 하거나 감정적으로 대응하는 사람일 수 있다. 인간은 상대에 따라 그 성격과 반응이 달리 나타나는 존재이기 때문이다.

그러므로 만일 내 모습이 내가 평소에 이상적으로 생각하던 모습으로 유지되도록 하는 상대라면, 그나 그녀 앞에 서면 당당하고 자신감 넘치며 나 자신이 아름답게 느껴지는 상대라면 당연히 사랑의 감정이 느껴지지 않을까? 사랑은 상대의 눈에 비친 내 모습을 사랑하는 것이라는 이 이야기는 정말로 그런 의미일까?

요정의 자기애가 아름다운 이유

코엘료는 현자의 이야기를 통해 인간의 사랑에 대한 또 다른 성찰을 보여 준다. 우리가 사랑에 빠질 때 그것은 상대가 가진 어떤 매력이나 특징 때문이 아니라 상대에게서 발견하게 되는 또 다른 나의 모습 때문일지도 모른다는 생각 말이다.

자신을 닮은 자식에게 특별한 애착을 느끼는 부모들의 이야기를 듣고 있노라면, 우리는 다소간의 차이는 있을지언정 모두가 나르시시스트일지도 모르겠다는 생각을 하게 된다. 사랑은 결국 '상대의 눈에 비친 자기'를 사랑하는 것이라는 이 이야기 속에는, 어쩌면 모든 사랑은 결국 상대에게서 발견한 자기에 대한 사랑이라는 의미가 숨어 있는지도 모른다.

정신분석학에서는 나르시시즘을 인간이 넘어서야 할 발전 과정의 한 단계라고 말한다. 하지만 튼튼한 자기애가 받쳐 주지 않는다면 삶은 매우 불안하게 흔들릴 것이고, 지지와 확신을 주는 타인을 찾아 끊임없이 헤매게 될지도 모른다.

그러므로 어쩌면 더 중요한 것은 나르시시즘 자체가 아니라 수면에 비친 이미지가 자신의 모습인지 아닌지를 아는 것일지도 모르겠다. 나르시스는 자신인 줄도 모르고 사랑에 빠졌으나 요정은 나르시스의 눈동자에 비친 이미지가 자신의 모습인 걸 알고 있었다. 현자가 "아름답다"고 한 것은 혹시 그 때문이 아니었을까?

모든 사랑은 오해다, 다시, 모든 사랑은 상상력이다

르네 마그리트의 〈연인〉

얼굴을 가린 채 키스하는 연인

이상한 그림이다. 그림 속 인물들은 육체적 욕망에 이끌려 서로의 입술에 탐닉하는 것처럼 보인다. 하지만 그들은 서로의 얼굴을 보지 못한다. 얼굴에 얇은 천이 둘러 씌워져 있기 때문이다.

무슨 의미일까? 서로 누구인지 모르고 하는 블라인드 데이트에서의 키스? 아니, 어쩌면 상대가 누구인지, 어떻게 생겼는지는 별로 중요하지 않은 사랑을 말하려고 하는 것일까? 만약 그렇다면 외모로 사랑의 대상을 선택하는 사람들에 대한 비판이 주제일 것이다. 그것도 아니라면 이들은 서로를 알면 안 되는 사이일지도 모르겠다.

르네 마그리트(René Magritte, 1898~1967)가 그린 이 그림의 제목은 〈연인〉이다. 제목을 보니 서로 사랑하는 사이임에는 틀림없는데, 신화 속 에로스와 프시케도 아니고 얼굴을 감추면서까지 키스를 해야 하는 이유가 무엇인지 잘 모르겠다. 하여간 수수께끼 같은 그림이다.

작가가 무슨 생각으로 이런 그림을 그렸는지는 모르겠으나, 수수께끼 같은 이 그림으로 인해 여러 가지를 생각하게 되는 건 사실이다.

우리는 흔히 "첫눈에 반했다"거나 "그가 들어서는데 후광이 비치는 듯한 느낌을 받았다"고 말하면서 자신의 사랑이 상대의 외적인 모습에 영향을 받았음을 고백하곤 한다. 하지만 또 그와 동시에 "그가 내 외모에 반한 것뿐이라면 어쩌나?" 하는 불안감을 안고 있다.

내 찰랑이는 긴 생머리가 사라지면, 그가 그토록 사랑한다던 나의 맑게 빛나는 눈동자가 실은 서클렌즈였다는 사실을 알게 된다면, 그녀보다 살짝 큰 키가 실은 5센티가 넘는 깔창 때문이라는 걸 알게 된다면, 5년 전에 코를 높였다는 걸 알게 된다면, 날씬하던 몸매가 흐트러져 점점 배가 나오고 머리가 벗겨진다면, 그럼에도 불구하고 그 혹은 그녀는 나를 사랑할까, 하는 불안감.

그런데 한편으로 우리 마음속에는 사랑은 그런 게 아니라는 믿음 또한 강하게 자리 잡고 있다. 사랑을 얻기 위해 그토록 외면에 신경 쓰면서도 진정한 사랑은 그런 것에 좌지우지되지 않는 어떤 것이라고

사랑은 오해다. 동시에 사랑은 상상력이다.
연인들은 불완전한 상대를 앞에 두고 완전한 서로의 모습을 상상한다.
상상력이 있기에 우리는 사랑을 할 수 있다.

르네 마그리트, 〈연인〉, 1928

믿는다. 서로 다른 극단을 수시로 왔다 갔다 하는 이 모순된 마음. 대체 사랑은 무엇이란 말인가?

사랑은 상대가 아닌 내 안의 욕망에서 나온다

좀 건방지게 결론부터 말하자면, 나는 오래전부터 사랑을 믿지 않았다. 정확히 말하면 10대 중반부터. 운명적인 사랑이라는 말은 그렇게 믿고 싶어 하는 마음이 만들어 낸 허구라고 생각했다.

그렇다고 해서 사랑을 하지 않은 건 아니다. 나는 다른 사람들이 하는 만큼은 사랑에 빠졌고 한번 사랑에 빠지면 열정적이 되었다. 그때만큼 내가 살아 있다는 걸 생생하게 느끼는 순간이 없기 때문에 사랑에 빠지는 걸 누구보다 좋아했다.

하지만 사랑을 믿지는 않는다. 그건 사람들이 흔히 생각하는 운명적인 사랑을 믿지 않는다는 뜻이기도 하고, 사랑의 이타적인 성격을 믿지 않는다는 의미이기도 하다. 심지어 모든 사람들이 찬양해 마지않는 모성애도 지독한 이기심의 발로라는 걸 '보아 버렸기' 때문이다.

그런 점에서 사랑은 어쩌면 상대방의 어떤 점 때문에 사랑하는 게 아니라 사랑하고 싶은 본인의 열망이 사랑하도록 만드는 것일지도 모른다는 생각을 하기 시작했다. 그가 잘생기거나 그녀가 아름다워서가 아니라 사랑을 갈구하는 내 안의 욕망이 그를 사랑하게 하는 것일지도 모른다는 얘기다.

그러므로 만약에 누군가가 "괜찮은 사람이 없어서 사랑할 수가 없어요"라고 한다면 그 말이 틀리지는 않더라도 전적으로 맞는 말은 아니다. 사랑할 수 있게 하는 건 사랑하고자 하는 내 안의 욕망이지 상대의 특징이 아니기 때문이다.

이것은 사랑에 대한 매우 냉정한 진단일 수 있다. 흔히 '내 모습 그대로, 있는 그대로를 사랑해 주는 사람'을 바라지만 그것은 현실에는 존재하기 힘든 이상적인 사랑의 형태일 것이다.

알랭 드 보통의 《우리는 사랑일까》에 나오는 앨리스는 현재의 애인이 자신의 직업적 성취, 지적 수준, 젊고 매력적인 외모가 사라진 뒤에도 자신을 사랑해 줄 수 있는 사람인지 끊임없이 질문한다. 그녀는 자기 자신만의 순수한 의식, 순수한 자신, 자신이 존재한다는 그 단순한 사실만으로 사랑받고 싶다는 생각을 한다. 사랑에 빠져 본 사람이라면 누구나 한 번쯤은 그런 생각 때문에 고통을 겪어 봤을 것이다. 하지만 '순수한 자신'이라고 하는 것이 정말로 존재하긴 하는 걸까?

젊었을 때 그다지 매력적이지 않은 외모 때문에 수없이 많은 거절을 경험했던 한 남자는 나중에 아주 유명해진 뒤 자신을 사랑한다며 쫓아다니는 젊은 여성들에 둘러싸여 행복한 비명을 질렀다. 나는 그가 "그 여자들이 나를 사랑하는 것은 다 거짓이야. 단지 내 명성이 나를 갑자기 사랑스러운 남자로 만든 것뿐이야"라며 괴로워하는 걸 본 적이 없다. 어쩌면 이것은 남녀의 차이일까? 자기의 존재 자체만으로 사랑받고 싶어 하는 건 오직 여자들만의 욕망일까?

•

상상력이 우리를 사랑하게 한다

•

박민규는 《죽은 왕녀를 위한 파반느》에서 "좋은 쪽이든 나쁜 쪽이
든 모든 연애의 90%는 이해가 아닌 오해"라고 말한다.

> 모든 사랑은 오해다. 그를 사랑한다는 오해, 그는 이렇게 다르다는 오
> 해, 그녀는 이런 여자란 오해, 그에겐 내가 전부란 오해, 그의 모든 걸 이
> 해한다는 오해, 그녀가 더없이 아름답다는 오해, 그는 결코 변하지 않을
> 거란 오해, 그에게 내가 필요할 거란 오해, 그가 지금 외로울 거란 오해,
> 그런 그녀를 영원히 사랑할 거라는 오해…

무릎을 친다. 그렇다. 모든 사랑은 오해다. 상대에 대한 오해, 나 자
신에 대한 오해, 자기 안의 욕망에 대한 오해. '있는 그대로'라거나
'순수한 존재 그 자체'라는 건 알 수 없거나 애초에 존재하지 않는 건
지도 모른다. 그런 상태에서 우리는 사랑에 빠진다. 너무 절망적인
가? 하지만 박민규는 같은 책에서 이렇게 말한다.

> 사랑은 상상력이야. 사랑이 당대의 현실이라고 생각해? 천만의 말씀이
> 지. 누군가를 위하고, 누군가를 위해 희생하고, 누군가를 애타게 그리워
> 하고… 그게 현실이라면 이곳은 천국이야. 개나 소나 수첩에 적어 다니
> 는 고린도전서를 봐. 오래 참고 온유하며 유익을 구하지 아니하며… 모

든 것을 바라며 모든 것을 견디는… 그 짧은 문장에는 인간이 감내해야 할 모든 '손해'가 들어 있어. 애당초 현실에서 일어날 수 없는 일이야. 누군가를 사랑하는 일은 그래서 실은, 누군가를 상상하는 일이야. 시시한 그 인간을, 곧 시시해질 한 인간을… 시간이 지나도 시시해지지 않게 미리, 상상해 주는 거야. 그리고 서로의 상상이 새로운 현실이 될 수 있도록 서로가 서로를 희생해 가는 거야. 사랑받지 못하는 인간은 그래서 스스로를 견디지 못해. 시시해질 자신의 삶을 버틸 수 없기 때문이지. 신은 완전한 인간을 창조하지 않았어. 대신 완전해질 수 있는 상상력을 인간에게 주었지.

여기서 우리는 '오해'에 불과할지도 모르는 사랑의 절망감을 극복할 수 있는 희망의 가능성을 발견한다. 사랑은 오해이지만 동시에 상상력이다. 우리는 완전한 사랑을 할 수 있는 완전한 존재가 못 되지만 대신 '완전해질 수 있는 상상력'을 갖고 있으므로 사랑을 할 수 있다는 말이다. 바람 빠진 풍선 같던 마음이 다시금 팽팽하게 부풀어 오르는 것만 같다.

그렇게 본다면 마그리트의 〈연인〉은 사랑하는 사람들이 서로 불완전한 상대를 앞에 두고 서로를 완전하게 만드는 상상력을 발휘하는 장면으로 볼 수 있다. 사랑에 대한 슬프지만 아름다운 통찰력이지 않은가!

허구와 진실의 경계에 선
웨딩드레스의 역설

소피 칼의 〈웨딩드레스〉, 〈거짓 결혼식〉
송연재의 〈결혼의 상처 I 〉

결혼은 싫지만 웨딩드레스는 입고 싶다면

많은 사람들이 행복한 결혼을 꿈꾼다. 특히 젊은 여성들 중에는 미래의 꿈으로 결혼을 꼽는 사람이 많다. 이제 중학교 3학년인 내 조카도 "가능하면 빨리 결혼하는 것"이 꿈이라고 말한다. 자신의 입으로 직접 말하지 않는 그 이유는 '집으로부터의 탈출'이다.

만족스럽지 못한 현실에서 탈출하기 위한 수단으로 결혼을 꿈꾸는 것은 확실히 남자보다는 여자들에게 많은 것 같다. 남자들은 굳이 결혼을 통해 탈출하지 않아도 상대적으로 자유로울 수 있기 때문일 것이다. 여권이 신장되어 더 이상 결혼만이 유일한 방법이 아닌데도 불구하고, 성인이 된 자식이 독립적으로 살아가는 걸 자연스럽게 받아들이지 않는 것이 한국의 현실인 듯하다. 그래서 여성들은 결혼을 함으로써 지긋지긋한 가족과의 동거를 끝내고 싶어 하는 것이다.

하지만 누구나 다 알다시피 그런 이유에서 하는 결혼은 또 다른 굴레 속으로 들어가는 것이다. 특히 한국에서의 결혼은 당사자끼리의 결합이 아닌 집안과 집안의 연결이므로 굴레는 두 배 이상이 되어 버린다. 그걸 잘 아는 젊은이들은 결혼 생활을 꺼린다. 여우 굴이 싫다고 사자 굴로 들어갈 수는 없는 노릇 아닌가. 하지만 그런 복잡한 결혼 생활은 싫어도 웨딩드레스에 대한 로망까지 포기할 수는 없다. 그건 결혼 생활과는 또 다른 문제이기 때문이다.

오래전부터 나는 무엇보다도 그것을 동경해 왔다. 어린 시절부터. 11월 8일—내가 서른 살이었을 때—그가 집에 와도 된다고 했다. 그는 파리에서 몇 킬로미터 떨어진 곳에 살고 있었다. 나는 자락이 땅에 조금 끌리는 비단으로 된 흰색 웨딩드레스를 가방에 넣어 가지고 갔다. 우리가 함께 보낸 첫날밤에 나는 그 옷을 입었다.

프랑스의 예술가 소피 칼(Sophie Calle, 1953~)이 1994년에 출판된 《진실된 이야기》라는 책에서 보여 준 〈웨딩드레스〉라는 에피소드다.

결혼은 하기 싫지만 새하얀 웨딩드레스를 입고
내 생애 가장 예쁜 모습으로 웃어 보고 싶다는 생각, 해 본 적 없는가.
꼭 결혼을 하지 않아도 입고 싶으면 입으면 된다는 걸 왜 몰랐을까.

소피 칼, 〈웨딩드레스〉, 1994

얼마나 웨딩드레스가 입고 싶었으면 결혼식도 아닌데 입었을까 싶다. 하지만 이해가 간다. 나에게도 아현동 대로변을 따라 쭉 이어진 웨딩드레스 전문점 앞을 걸으며 언젠가 새하얀 드레스를 입을 그날을 그려 보던 젊은 날이 있었다. 7년간의 연애를 슬프게 마무리하고 서른두 살이 되었을 때, 결국 나는 웨딩드레스 한 번 못 입어 보고 가겠구나 하는 생각에 서러웠다. 그것은 결혼을 하고 싶은데 못해서라기보다는 드레스를 입고 싶은데 입을 기회가 없었기 때문에 느끼는 서글픔이었을지도 모르겠다. 왜, 그런 거 있지 않나? 옆에 서 있을 신랑이 누가 되었든 그 새하얗고 아름다운 드레스를 입고 화사한 부케를 손에 쥔 자기 모습을 보고 싶은 소망.

그런데 소피 칼은 결혼식도 없이 그 소망을 이루었다. 사실, 간단하지 않은가. 그냥 뭔가를 기념해서 입으면 되는 거다. 물론 소피 칼의 이야기는 우리나라처럼 살 수도 없는 고가의 드레스를 단 하루 빌려 입고 돌려주는 게 아니라 엄마가 입었던 드레스를 물려받아 간직하고 있는 문화이기에 가능했을 것이다. 특별히 유행을 타지 않는 소박한 하얀 드레스가 우리 옷장에는 없으니 말이다.

결혼에 대한 슬프도록 잔인한 이야기

여기, 웨딩드레스가 등장하는 또 다른 작품이 있다. 송연재(1977~)의

<결혼의 상처(The wound in marriage) I>. 아름다운 흰색 웨딩드레스를 입고 결혼사진을 위해 포즈를 취한 듯한 신부의 모습을 매우 사실적으로 그렸으나 그녀의 드레스는 끝부분부터 서서히 피로 물든 것처럼 보인다. 그런데 그건 피가 아니라 얇게 저며진 고깃살이다.

벌건 핏물을 머금은 동물의 살덩어리로 이루어진 웨딩드레스라니. 섬뜩한 그림이다. 얼굴이 보이지 않는 그녀는 자신의 아름다운 모습에 취해 드레스가 제대로 보이지 않는 모양이다.

2011년 한 해 동안 우리나라의 이혼 건수가 11만 4,300건이라는 보도가 있었다. 부부 1,000쌍 중에서 9쌍이 파경을 맞았다는 의미라고 한다. 성격 차이, 경제 문제, 배우자의 불륜 등이 가장 커다란 이유였다. 언제부턴가 불륜의 이유와 해결 방법에 대한 책이 나왔고 부부간에 소통을 잘할 수 있는 방법에 관한 처방들이 줄을 이었다. TV에서는 이혼의 다양한 원인을 보여 주는 드라마 같은 이야기들이 인기를 끌었고, 사이좋은 부부임을 자랑하던 연예인 부부들이 어느 날 갑자기 이혼해서 시청자들을 어리둥절하게 만들었다. 사랑해서 결혼한 부부들이 어느 때부터인가 서로 대화하는 법을 잊어버린 듯 얼굴을 반대 방향으로 돌렸고, 가정은 감옥처럼 되어 버렸으며, 그들을 웃게 하던 아이들은 '웬수데기'가 되어 골치를 썩였다.

어릴 때부터 성인이 될 때까지 주변에서 행복한 결혼 생활을 본 적이 없다. 부모님은 매일 돈 때문에 다투셨고 한 방에서 네 명의 자식들이 모두 자야 했다. 어릴 때 살던 동네에는 시도 때도 없이 아내를 두들겨 패는 남편들이 있었고, 가난과 폭력을 견디다 못해 도망간 아

아름다운 웨딩드레스의 끝자락은
핏물을 머금은 생고기의 얇은 조각으로 이루어져 있다. 섬뜩하지 않은가.
결혼의 환상에 빠진 여자들에게 꿈 깨라고 말하는 듯하다.

송연재, 〈결혼의 상처 I〉, 2008

주머니도 있었다. 의처증 때문에 부인이 화장실 가는 것도 감시하는 먼 친척 이야기며, 자기 자식인데도 애정을 눈곱만큼도 주지 않는 아버지를 둔 친구들.

그 모든 게 가난 때문인가 싶지만 부자 동네도 사정은 마찬가지였다. 남편은 부인을 의심하고 부인은 남편을 신뢰하지 않았다. 상위권 친구의 어머니는 전교 1등을 못한다고 자식을 구박했고 무늬만 부부일 뿐 서로 남남처럼 살아가는 사람들도 많았다. 남편의 외도 사실을 목격하거나 서로 더 이상 대화가 통하지 않아 냉랭해진 부부는 결국 갈라섰다. 지적이고 친절한 '젠틀맨' 교수님은 부인을 수시로 때리는 남자였으며, 무책임한 한 남편은 어느 날 갑자기 사라져서 10년 후에 나타나기도 했다.

소설 속에서나 있을 법하다고 여겨지는 이야기가 현실에선 너무나 흔했다. 가난하건 부자건 상관없이 내가 부러움을 표현할 만한 가정의 모델을 본 적이 없다. 그래서 가상의 이야기를 지어내 친구들에게 행복한 가정을 거짓으로 꾸며 이야기하곤 했다. 드러내 놓고 불행해하진 않지만 그렇다고 행복한 표정을 짓지도 않는 어른들을 보면서 저런 게 결혼이라면 내 인생에 절대로 결혼은 없을 거라고 생각하곤 했다. 〈결혼의 상처 I〉이라는 그림이 보여 주듯 꿈처럼 아름다운 웨딩드레스를 입고 모델처럼 포즈를 취하지만 그 웨딩드레스 자락의 끝은 핏빛 생고기의 얇은 조각으로 이어져 있다는 것을, 누가 굳이 가르쳐 주지 않아도 알게 된 것이다.

그 생고기에서는 금방이라도 핏물이 흘러나올 것만 같다. 나의 생살, 너의 생살, 그것들이 이어져 우리를 덮는다. 실온에서 그 고기는 썩어 갈 것이다. 그러고 보면 이 그림, 참 잔인하다. 잠시나마 행복에 도취한 여자들에게 꿈 깨라고 말하는 것 같기 때문이다.

가짜 결혼식, 진실과 허구 사이의 줄타기

다시 소피 칼에 대한 이야기로 돌아가 보자. 《진실된 이야기》에는 그녀가 찍은 사진 이미지와 일기 같은 글이 연속적으로 나온다. 출간된 이후 2002년, 2006년에 에피소드가 추가된 개정판이 나왔다. 소피 칼은 아홉 살 때부터 2002년까지 자신의 삶에서 중요한 에피소드들을 우리에게 들려준다. 평론가들은 그녀의 작품을 가리켜 "일상적인 것을 붙잡으려는 편집증적인 노력"이라고 말한다.

그녀 작품의 테마는 허구와 현실의 관계, 사라짐과 상실, 부재이다. 이 책에 쓰여 있는 에피소드들도 무엇이 진짜 일어났던 일이고 무엇이 허구인지 알 수 없다. 매 에피소드들은 그 경계에서 왔다 갔다 한다. 현실 같은 허구, 허구 같은 현실. 예술가는 그 안에서 우리와 함께 게임을 한다. 심지어 결혼식을 가지고서도 말이다.

라스베이거스를 지나는 길가에서 하게 된 우리의 즉흥 결혼식은 많은 여자들처럼 나도 갖고 있던 은밀한 꿈을 실현시켜 주지는 못했다. 웨딩드레스를 언젠가 한번 입어 보고 싶다는 것. 그래서 1992년 6월 20일 토요일, 말라코프에 있는 동네 성당의 계단 위에서 결혼사진을 찍기 위해 가족들과 친구들을 초대하기로 결정했다. 사진을 찍은 다음에는, 진짜 시장에 의해 거행된 거짓 결혼식과 피로연이 이어졌다. 쌀과 아몬드가 박힌 사탕들, 흰색의 베일… 빠진 것은 하나도 없었다. 내 삶에서 가장 진실된 이야기를 거짓 결혼식으로 마무리했다.

-소피 칼, 〈진실된 이야기〉 중

한때 마음에 드는 남자와 밤을 보내면서 웨딩드레스를 입었던 소피 칼은 이번에는 가짜 결혼식을 올린다. 이것은 결혼 생활을 하고 싶어서라기보다 웨딩드레스를 입는 '결혼식'에 대한 꿈을 실현한 것이다. 요즘의 현실을 보면 차라리 이게 나을지도 모르겠다. 하긴… 인터넷에 떠도는 아름다운 신부의 웨딩 사진, 축복의 박수를 한껏 받으며 결혼식을 치르고 얼마 안 있어 이혼했다는 소식이 줄줄이 이어지는 연예인들의 모습을 보면 그것도 소피 칼 같은 작업의 일환인가 싶기도 하다.

행복한 결혼을 꿈꾸는 젊은 여성들에게는 불행한 소식일지 모르지만 결혼 연령과 이혼율이 급격하게 높아지는 세상에 우리는 살고 있다. 내 주변에도 결혼하지 않은 40대 미혼 여성이 흔하고 오랜만에 만난 지인에게는 "아직도 결혼 중이냐?"고 물어야 한다는 유머가 돈다. 결혼식 축가를 자주 불렀던 선배 한 명은 자기가 축가를 불러 준 커플이 80쌍 정도 되는데 그중 80퍼센트가 이혼했다며 슬퍼했다. 좀 과장

결혼식만 하고 결혼 생활은 하지 않는다?
누군가가 만들어 놓은 제도, 타인의 시선에
얽매이지 않고 자기가 살고 싶은 대로 산다면
좀 더 자유롭고 행복하지 않을까.

소피 칼, 〈거짓 결혼식〉, 1991

해서 말하자면, 이혼이 너무 흔해서 외려 아직까지 결혼 생활을 유지하고 있는 사람이 골동품처럼 되어 버리는 지경에 이른 것이다.

참고 사는 게 미덕이던 시대가 지나고 이제는 개인의 행복을 유보하거나 포기하는 게 더 이상 칭찬할 일이 아닌 세상이니 그런 의미에서 높은 이혼율은 오히려 좋은 징조라고 볼 수도 있다. 틀린 말은 아니다. 하지만 한때 나를 가장 잘 이해했고 서로의 눈곱과 무좀 걸린 발마저도 사랑스러워했던 사람과 헤어지는 일은 인생에 적지 않은 충격과 상실감을 주는 것도 사실이다.

이혼의 상처야 시간이 지나면 사라질지 모르지만 그것으로 인해 다시는 사랑하지 못할 것 같은 두려움은 상당 기간 지속된다. 그래서일까? 소피 칼은 이 작품에서 거짓으로 결혼식을 올리고 다시 홀로 살아간다. 결혼식은 하되 결혼 생활은 하지 않는 것이다.《진실된 이야기》라는 제목의 작품집은 이처럼 허구와 진실을 섞어 진실을 말하고 싶어 한다.

사소한 일상도 낯설게 보면 새로워진다

프랑스에서 태어나 정규교육을 받지 않고 독학으로 창작 활동을 시작한 소피 칼은 매우 독특하고 매력적인 사람이다. 개념미술가, 사진예술가라고도 불리는 그녀는 자신이 직접 행한 활동을 카메라와 글로 기록해서 나중에 출판하는 과정을 반복한다.

1979년에 처음으로 구상한 작품은 길에서 우연히 만난 한 남자의 일상을 카메라로 추적하는 것이었는데 이듬해 이것이 장 보드리야르의 글과 함께 《베니스에서의 추적》이라는 책으로 출판된다. 누구나 상상은 할 수 있지만 실행에 옮기는 사람은 아마도 없을 일들을 그녀는 해 버린다. 그런가 하면 역으로, 사설탐정을 고용해서 자신을 미행하도록 하고 자료와 사진을 받아 작품을 구성하기도 한다. 그리고 《미행》이라는 책으로 낸다.

이런 작업, 정말 매력적이다. 우리는 그런 일을 하는 작가를 쉽게 이해할 수 있을 것 같다. 매일 반복되지만 결국에는 아무런 일도 일어나지 않는 평범한 일상이 블로그 같은 것을 하면서 활기를 띠는 것을 우리는 경험하기 때문이다. 보잘것없는 내 일상이 주목을 받는다. 내 사소한 행동이나 말이 새로운 의미를 띤다. 사람들이 주목한다. 칭찬과 응원을 보내 준다. 나는 힘을 얻는다. 온라인에서 알게 된 한 남자는 사업에 실패하고 고시원을 전전하다가 자살까지 계획했으나 절망스러운 마음으로 우연히 시작한 블로그에서 자신의 일에 공감하고 힘을 주는 사람들을 만나 다시 삶의 의지를 다졌다. 그런 사람을 주변에서 드물지 않게 볼 수 있다.

《뉴욕 3부작》, 《빵굽는 타자기》 등으로 우리에게도 잘 알려진 미국의 소설가 폴 오스터는 《거대한 괴물》이라는 소설에서 소피 칼을 '마리아 터너'라는 인물로 재탄생시킨 후 《미행》을 소개했다. 그 책에 소개된 《미행》은 다음과 같다.

마리아는 누군가가 자기에게 그처럼 적극적인 관심을 보였다는 것에서 스릴을 느꼈다. 그로 인해 사소한 행동들이 새로운 의미를 띠었고, 무미건조한 일상이 흔치 않은 감정으로 채워졌던 것이다. (중략) 그리고 주말에 그가 기록을 넘겨주었을 때는 자신의 사진을 들여다보고 자기의 행동이 철두철미하게 기록된 연대기를 읽으면서 마치 낯선 사람이 된 것 같은, 상상 속의 인물로 바뀐 것 같은 기분을 느꼈다.

실제의 삶을 작품으로 변화시키고 누군가의 시선 속에 자신을 둠으로써 자신의 일상을 낯설게 보게 만드는 것이다. 결혼식조차 거짓으로 꾸몄던 그녀의 작품에서는 이렇듯 현실과 허구가 뒤섞인다.

●

정확히 자기가 살고 싶은 대로 살려는 욕구

●

소피 칼의 작품을 조금만 더 살펴보자. 그녀는 우연히 길에서 만난 사람들이나 생판 모르는 사람들에게 전화를 걸어 자기 집에 와서 자기 침대에서 잠을 자 달라고 부탁하여 그들의 자는 모습을 촬영하거나, 호텔 여종업원으로 취직하여 손님이 나간 후의 객실 모습을 기록하기도 했다. 엉뚱한 상상력이지만 재미있다. 그녀는 남들이 머물다 간 후의 흔적을 가지고 거기에 자신의 상상력을 동원하여 허구의 이야기를 생산해 내는 것이다.

이 작업은 《호텔》이라는 '사진-소설'로 출간되었다. 이런 작업들은 소설적 상상력이라 할 만하다. 일부러 고객을 만나지 않고 방에 어질러진 물건들만 보고 사람과 사건을 재구성하는 것이다. 찢어진 버스 표, 잊어버리고 두고 간 옷가지나 시트에 흘린 머리카락의 길이와 색깔, 그 혹은 그녀가 뿌린 향수, 뮤지컬이나 영화 티켓 조각, 무심코 버린 편지 봉투, 책의 띠지 같은 것은 모르는 이의 라이프 스토리를 만들어 보는 데 훌륭한 재료가 된다.

폴 오스터는 《거대한 괴물》에 소피 칼을 이렇게 묘사한다.

일종의 예술가였지만, 그녀의 일은 예술이라고 정의되는 창작 행위와는 아무런 관련도 없었다. (중략) 결국, 나는 그녀가 어떤 특정한 방식으로도 분류될 수 없다고 생각한다. 그녀의 일은 그러기엔 너무 엉뚱했고, 어느 특정한 분야나 분파에 속한다고 생각하기엔 너무 색다르고 개성적이었다. 그녀는 아이디어가 떠오르면 자기 생각에 따라 일을 했고, 때로는 화랑에서 전시될 수 있는 구체적인 결과가 나오기도 했지만, 그 활동은 예술 작품을 만들어 내기 위한 욕망에서라기보다는 강박관념에 빠지려는 욕구, 자신의 삶을 정확히 자기가 살고 싶어 하는 대로 살려는 욕구에서 생겨난 것이었다. 그녀에게는 언제나 삶이 먼저였고, 시간을 가장 많이 들인 몇몇 작품들은 엄격히 그녀 자신을 위해 만들어진 것들이어서 누구에게도 공개되지 않았다.

여기서 밑줄 긋고 싶은 대목은 "자신의 삶을 정확히 자기가 살고 싶어 하는 대로 살려는 욕구"라는 말이다. 누군가가 만들어 놓은 제도에 얽매이지 않으려는 욕구, 내 의지로 조절하는 삶에 대한 욕구. 결혼과 관련된 에피소드들은 그런 생각과 연결되어 있을 것이다.

《진실된 이야기》에서 소피 칼은 우리 삶이 얼마나 많은 부재와 사라짐에 의해 만들어지는가를 이야기한다. 잡을 수 없는 시간, 붙잡을 수 없는 사람, 사랑, 사라지는 시간과 떠나가는 사람, 부재를 전제로 하는 추억, 사라지는 일상, 부재와 현존의 관계. 그녀의 이야기에서 무엇이 진실이고 무엇이 허구인지 우리는 모른다. 잊히는 것에 대한 두려움, 잊히지 않는 것에 대한 두려움, 사랑하는 이가 내 곁을 떠날 것이라는 두려움, 그가 나를 잊게 되리라는 두려움, 내가 그를 더 이상 기억하지 못할지도 모른다는 두려움, 떠나가는 사람과 지나가 버린 시간에 대한 두려움, 그 모든 것이 소피 칼의 작업 속에 들어 있다.

하지만 우리는 그녀의 작업을 주의 깊게 읽어야 한다. 그녀의 사진과 덧붙여진 텍스트에는 긴 여백이 있기 때문이다. 우리는 그녀가 말하는 것 속에서 말하지 않는 것을 읽어 내야 하는 것이다.

완전한 사랑은,
꿈꾸고 기억하는 것으로만
존재한다

펠릭스 곤잘레스 토레스의 〈무제〉(완벽한 연인), 〈무제〉

너와 똑같은 시간을 살고 싶은 열망

현대미술은 자주 우리를 곤경에 빠뜨린다. 일상의 사물을 예술이라고
버젓이 제시하는가 하면 아무것도 걸어 놓지 않은 텅 빈 공간을 작품
이라고 우기기도 한다. 어쩌라고, 하는 탄식이 터져 나오는 시기를 거
쳐 그들의 의도를 파악하고자 애를 쓰다 보면, 매번은 아니라 할지라
도 가끔은 무릎을 탁 치게 되는 경우가 있다.

연인들은 꿈꾼다.
사랑하는 사람과 같은 시간을 살고, 슬픔과 기쁨을 공유하고,
그 사람과 하나가 되기를. 그러나 서글프게도 똑같이 가는 듯 보이던
두 개의 시곗바늘은 어느 순간 어긋나기 시작한다.

펠릭스 곤잘레스 토레스, 〈무제〉(완벽한 연인), 1991

나는 종종 미술사 강의에서 이 작품을 보여 주며 사람들에게 제목을 알아 맞혀 보라고 한다. 머리를 갸우뚱거리던 사람들이 나름대로 창의적인 답을 내놓는다. '쌍둥이', '2시 43분', '졸음', '낮과 밤', '반복', '나는 시계다', '세월'… 그러다 누군가가 '동행', '그리움'이라는 단어를 뱉었다. "그 혹은 그녀와 똑같은 시간을 살고 싶은 마음"이라는 설명을 덧붙인다. 내 눈이 순간적으로 빛난다. 사람들은 내 표정에서 원제목과 가까워졌음을 감지한다.

"연인들? 사랑하는 사이?"

그 순간 나는 제목을 보여 준다. 사람들 사이에서 "아아!" 하는 탄성이 터져 나온다.

"재미있네요."

미소가 번진다. 불가능할 것 같은 일이 실제로 강의 시간에 벌어질 때 사람들은 문득 현대미술이 재미있을 수도 있다는 생각을 한다. 우리가 맞혔어, 하는 자부심이 그들의 표정에서 묻어난다.

공장에서 생산된 똑같은 모양의 시계를 가져다가 벽에 거는 일. 그 자체로만 보면 너무나 시시해서 하품이 나올 지경이다. 그런데 '완벽한 연인'이라는 제목과 함께 놓고 보면 갑자기 이 작품이 근사해진다. 수수께끼라도 푸는 것처럼 시계라는 사물과 제목 사이의 연관 관계를 유추해 내느라 머리가 빠르게 움직이는 것이다.

일분일초도 떨어져 있고 싶지 않은 열정에 들뜬 연인들, 그와 같은 시간을 살고 싶다는 열망? 내가 보고 있는 이 아름다운 경치를 너도 같이 보고 감동했으면 좋겠다는 생각. 네 슬픔, 네 기쁨을 똑같이 나누고 싶은 마음. 너와 공유하고픈 시간들.

이 작품은 그런 연인들의 사랑이 가능하다고 말하는 것처럼 보인다. 그게 아니면, 그 시간에 우연히 그 장소에 있지 않았다면 우리는 만날 수 없었다는 것을 말하고 싶었을까? 혹은 지금 이 순간 영원히 멈춰 버리고 싶은 연인들의 간절한 소망? "지금 이대로 시간이 멈춰 버렸으면 좋겠어"라는 열정으로 달뜬 연인들의 대화 말이다. 그래, 그것도 멋지다.

그런데 이 작품은 오랫동안 나를 붙잡고 놓아 주지 않았다. 여러 가지 의문이 들었기 때문이다. 이 시곗바늘은 언제까지나 똑같이 갈까? 그 혹은 그녀와의 완벽한 일체감에 어느 순간 소름이 끼칠 정도의 짜릿함을 느낄 수도 있지만 그것은 찰나에 불과할지도 모른다.

두 개의 시계에 똑같은 회사에서 생산된 건전지를 집어넣고 동시에 작동시킨다고 할지라도 어느 만큼 시간이 흐르고 나면 초침과 분침은 아주 조금씩 차이를 보이기 시작할 것이다. 0.001초의 차이로 어긋나기 시작한 시계들은 어느 순간 분침의 차이를 보이고, 그 차이는 점점 벌어질 것이다. 그러다가 시계 하나는 멈출지도 모른다. 나머지 하나도 힘 빠진 시곗바늘을 습관처럼 돌리는 것일지도….

너는 멈추고 나는 간다, 혹은 나는 멈췄는데 너는 계속 간다. 그것은 그 혹은 그녀의 물리적인 죽음을 의미할 수도 있고 열정이 식어 버렸음을 의미할 수도 있다. 그와 나는 다른 시간을 살게 되고 우리는 한때 같은 시간을 살았다는 기억만을 공유하게 될 것이다. 서글픈가? 하지만 '완벽한 연인'이라는 것 자체가 어쩌면 허구일지도 모른다.

시계를 그대로 멈춰 두고 싶은 마음

이런 생각은 언젠가 보았던 영화 〈원스〉로 이어진다. 낮에는 청소기 수리공으로 일하고 밤에는 거리에서 기타를 치며 노래를 부르는 남자와, 남편과 헤어지고 어머니와 딸과 함께 살며 가족의 생계를 위해 꽃이나 노숙자들을 위한 잡지 〈빅이슈〉를 팔고 가끔씩 남의 피아노 가게에서 건반을 두드리며 허전함을 달래곤 하던 여자가 우연히 만났다.

마음에 드는 음악을 들었어도 50센트 이상의 돈은 줄 수 없고, 다시 만난 날 고장 난 청소기를 질질 끌며 다녀야 하고, 이야기를 나누려 해도 우는 아이의 울음소리를 떨칠 수 없었던 그 둘의 일상은 비루하고 힘겹다.

하지만 그들은 피아노 가게에서 화음을 맞춰 보며 전율한다. 음악으로 둘의 마음이 하나가 되는 것을 느낀 것이다. 그 짧은 순간, 그들은 사랑에 빠진다. 그가 만든 노래에 그녀가 가사를 붙이고 길거리에서 연주하는 사람들을 모아 밴드를 만들고 녹음을 하면서 새로운 세상을 만난다. 어쩌면 그 시간은 자신들을 둘러싼 무거운 현실을 잊어버릴 수 있었던 유일한 시간이었을 것이다.

그들은 사랑을 확인한다. 그 사랑으로 그들은 비천한 일상을 극복했을까? 환상을 심어 주는 영화였다면 "그래서 그들은 오래오래 행복하게 살았더래요"로 끝났겠지만 이 영화는 현실적인 결말을 보여 주었다. 여자는 남자를 따라갈 수 없었다. 그녀의 남편은 돌아왔고 어머니, 아이와 함께 그대로 남았다. 남자는 떠났고, 그들의 사랑은 추억으로 남았다.

사랑이 이루어진 건 영화에서가 아니라 현실에서다. 영화를 만들면서 실제로도 사랑에 빠진 주인공 글랜 핸사드와 마르케타 이글로바는 그들의 사랑이 진행되는 과정을 또다시 영화로 만들었다. 제목은 〈원스 어게인〉. 흐릿한 보랏빛을 띤 영화 포스터에는 "내가 너를 노래한 그 후…"라고 쓰여 있었다.

나는 그 포스터 앞에서 한참을 서 있었다. "This is a really BEAUTI-FUL love story"라는 문구가 눈에 들어왔다. 대문자로 쓰인 'BEAUTI-FUL'이라는 단어. 그 강조가 이상하게도 마음을 아프게 했다. 영화 한 편으로 우연히 세계적인 스타가 되고 진짜로 연인이 된 그들은, 전편에서 현실을 떨쳐내지 못했던 것처럼 이번에도 그럴 것이라는 생각이 들었기 때문이다. 게다가 이건 '다큐멘터리' 영화라지 않는가.

나의 망설임을 확인이라도 시켜 주듯, 신문의 영화 소개에서는 그들이 만든 밴드 '스웰 시즌'이 2년 동안 월드 투어를 하는 과정이 쉽지 않았음을 예고했다. 〈원스〉가 사랑 노래였다면 〈원스 어게인〉은 이별 노래라는 말도 덧붙였다. 어쩌면 보지 않아도 알 수 있는 스토리. 사랑은 '한때'이고 이별은 그때 이후로 쭉 '진행 중'인 이야기.

내가 일주일에도 몇 번씩 들러야 하는 곳에서 영화는 내내 상영하고 있었지만 나는 부러 그 영화를 외면하고 다른 영화를 선택했다. 보고 싶지 않았다. 아니, 언젠가는 보게 될지도 모르지만 당분간은 보고 싶지 않았다. 너와 내가 완벽하게 일치했던 그 짜릿한 순간, 거기서 멈춰 버린 시계로 그냥 남겨 놓고 싶은 마음이었을 것이다. 동화 같을 지라도, 그냥 거기서 끝났다고 우기고 싶은 마음.

네가 없는 자리에서, 나는 너를 기억한다

두 개의 시계로 '완벽한 연인'을 표현해 낸 펠릭스 곤잘레스 토레스(Félix González-Torres, 1957~1996)는 쿠바에서 태어나 미국에서 활동한 작가다. 동성애자였던 그는 38세의 나이에 에이즈로 사망했다. 잘 알려진 대표작으로는 〈무제〉 혹은 〈로스〉라는 제목이 붙은 사탕 더미 작품이 있다. 이것은 1990년과 1991년에 전시되었는데 1990년 작품은 에이즈로 죽은 동성 애인 로스의 건강했을 때 몸무게에 자신의 몸무게를 더해 사탕 136킬로그램을 쌓아 놓은 것이고, 로스가 죽고 난 뒤 제작한 1991년 작품은 미술관 구석에 죽은 연인의 사망 전 몸무게인 50킬로그램만큼 사탕을 쌓아 놓고 관객들에게 가져가도록 한 것이다.

이 사탕 더미는 달콤했던 사랑에 대한 기억을 말하는 걸까? 그 기억을 관객과 나누고 싶었을까? 당신의 사랑도 이렇게 달콤했나요?

어쨌든 그 미술관의 큐레이터는 작가에게 지시받은 대로 매일 관객이 가져간 것만큼 사탕을 다시 채워 넣었다. 그 덕분에 사탕으로 형상화된 애인은 더 이상 몸무게가 줄지 않아도 되었고 관객들은 그 사탕을 먹거나 간직함으로써 그를 추억하거나 기억하게 되었을 것이다.

사랑했던 사람이 떠난 빈자리만큼 가슴을 아프게 하는 것이 또 있을까.
어쩌면 그 사람이 사라졌기에 나는 그를 더욱 소중하게 기억하는지도 모른다.
그가 사라졌기에 우리의 사랑은 더욱 완전해졌는지도 모른다.

펠릭스 곤잘레스 토레스, 〈무제〉, 1991

작가가 계속해서 화두로 삼았던 것은 탈식민주의, 이민자 문제, 퀴어·에이즈 문제였다. 그는 자기 작품의 관객은 미술관에 오는 익명의 사람들이 아닌 먼저 죽은 애인 로스뿐이라고 말했다고 한다. 나는 그 말이 오래도록 가슴에 남았다.

가장 인상적인 그의 작품은 애인이 죽은 뒤 옥외 광고판에 둘이 누워 자던 흰 시트가 씌워진 침대 사진을 걸어 놓은 1991년 작품이다. 바쁘게 그 밑을 지나다녔을 도시인들에게는 그다지 인상적이지 않았을지도 모르겠다. "저게 뭐야? 침구류 회사 광고인가?" 하고 지나쳐 버리거나 혹은 이게 예술 작품이라는 걸 알게 되었다 하더라도 이렇게 비아냥거렸을 수 있다. "하나도 인상적이지 않잖아. 대체 뭘 보라는 거지? 저 침대가 뭐 어쨌다고… 하여간 현대 예술이란… 쯧쯧."

작품 앞에서 오래 시간을 보내거나 작가의 의도를 짐작해 볼 만한 마음의 여유가 없는 현대인에게 이것은 그저 심심한 장난이거나 사기성 짙은 제스처에 불과할지도 모르겠다. 하지만 조금만 여유를 가지고 작품 앞에 서 보자.

사진에는 마치 조금 전 사랑을 나누었던 것처럼 두 사람의 무게에 눌린 베개와 흐트러진 시트가 찍혀 있다. 만약 작가의 생을 알고 있는 사람이라면 사진이 이렇게 말하고 있다고 생각할 것이다.

"네가 사라진 자리. 손대면 너의 온기가 그대로 느껴질 것만 같은데 너는 없다. 그 자리를 사진으로 찍는다. 나는 너를 기억한다. 앞으로도 언제까지나 기억할 것이다. 보고 있니? 우리가 사랑을 나누던 이 침대. 우리가 나눈 따뜻했던 체온을 너도 기억할까?"

이것은 관객을 향한 메시지가 아니라 지금은 내 곁에 없는 사랑했던 이를 향한 절절한 편지가 된다. 네가 사라졌는데 나는 다시 사랑을 할 수가 없다. 아니, 다시 사랑한다 해도 너의 자리는 비어 있어서 수시로 바람이 분다. 너를 영원히 잊을까 봐 괴롭다. 이렇게 어딘가에서 나를 보고 있을 너를 향해 우리의 사랑을 외친다. 기억하고 싶다…. 남겨진 이의 외로움과 절절한 그리움이 느껴지지 않는가.

PART 3

치유할 수 없다면, 차라리 껴안아 버려

슬픔,
이겨 낼 수는 있어도
벗어날 수는 없다

빈센트 반 고흐의 〈슬픔〉
마크 로스코의 〈무제〉

•

당신은 슬픈가요?

•

프랑스의 사진 예술가 소피 칼이 펴낸 《진실된 이야기》라는 책 속에
는 다음과 같은 에피소드가 나온다.

병원에 다녀옴

병원에 다녀왔다. 300여 개의 질문이 담겨 있는 6페이지에 달하는 질문

지에 대답을 해야 했다. 단 하나를 빼고 모든 질문에 나는 '아니요'라고
답했다. 풍진, 천연두, 수두, 콜레라, 파상풍, 결핵, 황열병, 성홍열, 혹은
티푸스…에 걸린 적이 있었나요? 현기증이 잘 일어나나요? 콜레스테롤,
당뇨, 혈압, 두통, 심장병, 위장병이 있나요? 아이가 있나요? 알레르기,
결석이 있나요? 심장이 두근거리나요? 갑자기 얼굴까지 열이 오르나요?
심장에, 치아에, 혹은 청각에 문제가 있나요? 근육에 발작이 일어난다든
지 간질, 요통, 어지럼증이 있나요? 기절을 한 적이 있나요? 소화불량인
가요? 장에 이상이 있나요? 시력장애가 있나요? 그런데 갑자기 질문들의
홍수 속에서 마치 아무렇지도 않다는 듯 이런 질문이 나타났다.
"당신은 슬픈가요?"

마지막 질문에 작가가 무슨 대답을 했을지 도저히 모르겠다고 하는
사람이 있을까. 왜냐하면… 슬프지 않은 인생은 없기 때문이다. 비극
은 인간이 피할 수 없는 하나의 운명이다. 삶 자체가 비극이다. 부재,
어둠, 소망의 결핍. 나처럼 평소에 늘 '조증' 상태에 있는 사람에게도
인생은 기본적으로 슬프다. 실은 그 '조증'이 인생에 대한 깊은 슬픔
에서 나온다는 걸, 니체도 알았고 알 만한 사람은 전부 다 알고 있다.
벌거벗은 채로 제대로 보지도 못하고 말도 못하고 걷지도 못하는
상태로 내던져지듯 태어나는 인간은 그 자체로 슬프다. 아기가 태어
나자마자 우는 건 아마도 그래서일지도 모른다고 하지 않던가. 불안
한 인간은 미래나 결과를 예측하지 못하는 삶이 두려워 끊임없이 점
쟁이를 찾고 운명을 예측하려 애쓴다.

만약에 니체가 말한 것처럼 생이 애초에 무의미하고 영원히 지금의 생과 똑같이 반복되는 것이라면 나의 선택은 무엇이 될 것인가. 과연 니체처럼 "자, 이것이 생이더냐, 그렇다면 다시 한 번!"이라 외치면서 생에 대한 긍정성을 끌어올릴 수 있을까? 어차피 반복될 삶, 지금 이 순간을 내 의지로 받아들여 긍정함으로써 다음에 반복될 것을 조금이라도 바꿔 보려는 인간의 노력은 얼마나 슬프고 아름다운지….

·

당신도 나처럼 이렇게 아프군요

·

슬픔의 종류가 여러 가지인 것처럼 슬픔을 묘사하는 방식도 다양하다. 뜨거운 눈물을 뚝뚝 흘리며 서럽게 우는 사람을 직접 보여 주기도 하고, 시든 꽃잎과 정서를 건드리는 낙조 등을 이용하여 간접적으로 보여 주기도 한다. 혹은 짙은 푸른색이나 썩어 가는 핏빛 화면으로 절망스러운 상황을 암시하기도 한다.

빈센트 반 고흐(Vincent van Gogh, 1853~1890)는 막막한 누드로 슬픔을 표현했다. 그는 대상을 보여 주면서도 표정을 감추는 방식으로 우리의 감정을 건드린다. 영양부족으로 인해 불균형하게 말라 버린 몸, 늘어진 젖가슴, 불룩 나온 배, 탄력을 잃은 머리카락. 피부는 자세히 표현되어 있지 않지만 꼭 마른버짐이 묻어 나올 것만 같다. 버석거리는 느낌이 온몸에 퍼져 있다.

그녀의 얼굴을 볼 수 없지만
우리는 그녀가 짓고 있는 표정을 안다.
슬픔에 빠진 여인을 바라보며 우리는 자신의 슬픔을 다독인다.
이 세상에 슬프지 않은 인생이 어디 있으랴.

빈센트 반 고흐, 〈슬픔〉, 1882

무릎을 세우고 그 위에 얹은 팔에 얼굴을 파묻었기 때문에 우리는 그녀의 얼굴을 볼 수 없다. 하지만 유복한 가정에서 자란 부족할 것 없는 처녀가 아니라는 것쯤은 충분히 짐작할 수 있다. 그녀의 표정을 볼 수 없지만 우리는 그녀가 짓고 있는 표정을 안다. 왜냐하면… 그것은 지금 이 그림을 바라보는 내 얼굴과 같을 것이기 때문이다.

사람은 슬픔에 빠져 있을 때 자신을 기쁘게 해 주는 대상을 찾아 헤맬 것 같지만, 흥미롭게도 더욱 슬픔에 빠지도록 해 주는 예술 작품에서 위안을 얻기도 한다. 이별의 아픔을 겪고 있는 사람이 슬픈 음악을 반복해서 듣는 것과 마찬가지다. 마침 울고 싶은데 핑곗거리가 되어 준다는 의미일지도 모르겠다. 그래서인지 이 그림은 많은 이에게 사랑을 받았다. 그림 속 여인을 바라보면서 자신의 슬픔을 다독이는 것이다. 이 세상에 슬프지 않은 인간이 어디 있으랴. 너도 나처럼 이렇게 아프구나….

이 그림의 주인공은 고흐가 사랑했던 여인이다. 시엔이라는 이름을 가진 이 여인은 창녀다. 아이가 이미 하나 있고 지금은 배 속에 또 아이를 가진 상태다. 그 아이들의 아버지는 고흐가 아니다. 누구인지 모른다. 고흐는 그녀의 눈 속에서 슬픔을 본다. 그녀를 사랑한다. 그녀를 그린다. 세상은 그들의 사랑을 이해하지 못했다. 고흐의 유일한 지지자였던 동생 테오마저도 그들이 같이 사는 걸 못마땅해했다.

사람들은 고흐가 그녀에게 가졌던 감정이 사랑이 아니라 동정이거나 연민일 거라고 쉽게 말한다. 사랑은 그런 게 아니야, 아마도 고흐가 가장 많이 들었을지도 모르는 말. 하지만 그 말을 하는 사람들도 사랑이 한 가지 형태일 거라고 생각하지는 않았을 것이다. 사랑은 갖가지 형태로 우리에게 다가온다는 걸 우리 모두는 안다. 그럼에도 불구하고 "그녀 곁에 있을 때 나는 행복하다"고 말하는 고흐를 테오는 이해하지 못했다. 어쩌면 우리도 고흐의 사랑을 이해하지 못할지도 모른다.

하지만 만약 우리가 '나르시스'를 떠올린다면 어떨까? 상대에게서 내 모습을 발견하는 것이 사랑이라면 말이다. 만약 세상으로부터 버림받고 그 누구로부터도 환영받지 못하는 그녀에게서 고흐가 자신의 모습을 발견했고 그것이 사랑의 시작이었다면, 사랑인지 아닌지를 누군가로부터 인정받는 것은 별로 중요하지 않았을 것이다.

형상 없는 그림, 형체 없는 슬픔

얼굴을 팔에 묻고 우리에게 표정을 보여 주지 않는 나체의 여인이 우리에게 묵직한 슬픔을 전해 주듯 마크 로스코(Mark Rothko, 1903~1970)의 〈무제〉도 슬픔의 정서를 전해 주는 그림이다. 어떤 형상 없이 순전히 색채만으로 인간의 감정을 움직일 수 있다는 것을 이 그림은 보여 준다.

하지만 이 말에 모든 이가 동의하는 것은 아니다. 강의 시간에 이 그림을 보여 주며 《그림과 눈물》이라는 책에 의하면 이 그림을 보며

구체적인 형상 없이도 슬픔의 정서를 느끼게 하는 그림이다.
슬픔은 인간이 끝끝내 벗어날 수 없는 숙명 같은 것이지만,
때로 타인과 공감할 수 있는 통로를 만들어 주기도 한다.

마크 로스코, 〈무제〉(밤색 위에 짙은 빨강), 1958

우는 사람이 많다고 한다"고 이야기하면 이 그림이 왜 슬픈지, 정말로 많은 사람들이 이 그림을 보며 우는지, 의문을 표시하는 수강생들도 있다. 그때 내가 드는 예는 음악이다.

가사가 있는 노래를 들으며 우는 일은 흔하다. 특히 방금 이별한 사람이라면 아마 다 울고 난 뒤에 유행가 가사가 그토록 절절하게 자신의 심정을 대변하는 데 놀랄 것이다. 그것은 형상을 알아볼 수 있는 그림을 보며 슬퍼하는 것과 비슷하다.

하지만 사람들은 또한 가사가 없는 음악을 들으면서 울기도 한다. 멜로디가 아름답고 서정적이거나 비극적인 느낌을 전해 주는 클래식 음악을 떠올려 보자. 차이코프스키나 멘델스존을 비롯한 낭만주의 음악이 제일 흔한 경우일 것이고 간혹 어떤 이들은 바흐의 무반주 첼로곡을 들으면서 울기도 한다(실은, 내가 그렇다). 혹은 가사의 내용을 전혀 알아들을 수 없는 외국 노래를 들으며 순전히 그 곡조의 애조 띤 정서에 반응하는 경우도 드물지 않다. 나는 가사의 뜻을 모른 채 〈넬라 판타지아〉를 들으며 곡조도 그렇거니와 그 노래를 부르는 여자의 목소리가 너무나 아름다워서 울었다.

그림을 보거나 음악을 들으면서 울어 본 적이 전혀 없는 사람도 있을지 모르지만, 만일 우리가 음악에 반응하는 감정적 경험이 당연한 거라고 생각한다면 형상이 없는 색채만으로 된 그림을 보고 우리의 마음이 즐거워지거나 슬퍼지는 것도 이해할 수 있을 것이다.

기록에 의하면 이 그림을 그린 마크 로스코는 그림을 그릴 때 자주 울었다고 한다. 그는 자기 그림을 볼 때 그림에서 멀찌감치 떨어져서 보는 게 아니라 5센티미터 정도만 떨어져서 봐야 한다고 했다. 벽면을 가득 채우는 정도의 큰 캔버스를 코앞에 두고 감상해야 한다는 말이다. 그러면 마치 이 붉고 어두운 색채의 바다에 풍덩 빠진 듯한 느낌이 들 것이다.

마크 로스코는 미국이나 유럽에서 제일 인지도가 높은 현대 작가 중 한 사람이다. 많은 이들이 그의 작품을 좋아하는 이유는 유화임에도 불구하고 마치 빛이 번지는 것처럼 색깔들이 환상적으로 배열되어 있고, 그 때문에 예수나 성모 마리아가 그려져 있지 않은데도 마치 성화처럼 성스러운 느낌으로 다가오기 때문이다. 그래서인지 그의 그림은 기도실 같은 곳에 걸려 있기도 하고, 미술관 안에서도 명상적인 분위기를 전해 준다.

그의 다른 그림들은 오렌지나 밝은 노랑, 파랑 등의 밝은 색채로 이루어져 있어 "아름답고 환상적이다"라는 느낌을 주는데, 정작 로스코 본인은 그런 반응에 매우 불쾌해했다고 전해진다. 색채만으로 인류와 역사의 비극적이고 숭고한 느낌을 전해 주고 싶어 했던 그는 점차로 자신의 그림에서 밝은 색채를 빼고 어둡게 그리기 시작했다. 그래서 지금 여기 보이는 그림은 붉은 바탕에 검은 면이 갇혀 있는 듯한 모습이다.

빨간색은 일반적으로 생명, 정열, 사랑과 같은 정서와 연결되지만 여기서의 빨강은 좀 더 어둡고 칙칙하다. 사람들은 이것을 보고 마치 적포도주를 만들기 위해 으깨어진 포도 껍질이 썩어 가며 내는 색깔 같다고 말했다. 피어나는 생명의 빛깔이 아니라 부패하는 죽음의 냄

새가 나는 빨강인 것이다. 그래서 그의 그림을 본 사람 중에는 "가뜩이나 의미 없는 생을 살아서 불안한데 그림, 너마저 아무것도 보여 주지 않고 저토록 진한 죽음과 부패의 색을 보여 주는가" 하고 부정적으로 반응하는 이도 있다는 것이다.

어쨌든 우리는 고흐의 그림에서도, 로스코의 그림에서도 진한 슬픔이나 절망의 감정을 느낀다. 따지고 보면 슬픔은 형체가 없는 것이므로 추상미술에서 감정을 느끼는 것이 더 자연스럽지 않을까?

슬픔, 타인과 공감할 수 있는 통로

어떤 이유로든 슬픔에 빠진 사람은 주변으로부터 "시간이 약이다"라는 말을 많이 듣게 된다. 하지만 지금 당장 그 말은 위안이 되지 않는다. 언제부터인지 나는 견디기 힘든 고통 속에 있을 때면 '2년 후'를 생각하는 버릇이 생겼다. 경험에 의하면 죽을 것 같은 슬픔이나 고통도 최대 2년 정도의 시간이 지나면 옅어지고 견딜 만해지기 때문이다. 세상의 모든 슬픔은 시간에 의해 치유된다는 말은 그럭저럭 맞는 말 같다.

하지만 완전히 맞는 말도 아니다. 2년이라는 시간이 흐르고 그보다 더 세월이 흘러도 수위가 약해지기는 했으나 여전히 나를 아프게 하는 고통도 있기 때문이다. 이겨 내긴 했으나 벗어날 수는 없는 슬픔. 줄리언 반스는 《플로베르의 앵무새》에서 이렇게 쓴다.

그리고 틀림없이 슬픔을 이겨 낼 것이다. 1년이나 5년 뒤에. 그러나 기차가 굴속을 빠져나와 태양이 빛나는 초원지대를 지나 빠르게 덜컹거리며 영국 해협으로 내려가듯 그렇게 당신이 슬픔에서 빠져나오는 것은 아니다. 갈매기가 기름투성이 물에서 빠져나오듯 당신은 슬픔에서 빠져나온다. 당신에게는 일생 동안 온몸에 타르를 칠하고 새털을 붙여 달고 돌아다니는 것과 같은 아픔이 남는다.

가슴이 꽉 막히는 문장이다. 이런 비유를 하다니…. 슬픔에서 빠져나온다고 해도 기름 덩어리나 타르처럼 온몸에 들러붙어 버려, 도저히 그 흔적을 모두 없앨 수는 없는 기억도 분명 존재하는 법이다.

나는 그 끈적이는 기름 덩이를 털어 내느라 온몸을 뒤튼다. 가벼운 깃털은 그 무게를 덜어 내기가 쉽지 않다. 그 사이 털이 수도 없이 빠져 나가기도 할 것이다. 벗어나기 위해 부리로 기름 덩이를 벗겨 내다 피가 난다. 내 몸은 어느새 상처투성이가 된다. 그렇다면 어떻게 해야 하나…. 그냥 그대로 사는 것도 한 방법이다. 깨끗하게 없애려고 하다가 온몸의 털이 빠져 더욱 볼품없이 여기저기에 상처를 안고 살아가기 싫다면 말이다.

알랭 드 보통은 《행복의 건축》에서 다음의 일화를 들려준다.

독일의 신학자 파울 틸리히는 회고록에서 응석받이에 걱정 하나 없던 시절에는 부모와 교사들이 아무리 훌륭한 교육을 해 주어도 늘 냉랭한 마음으로 예술을 대했다고 말한다. 그러다가 제1차 세계대전이 벌어지고 군대에 끌려갔다가 휴가를 받고 나왔을 때(그가 속한 대대의 대원들 가운데 4분의 3이 이 전쟁에서 목숨을 잃는다), 폭풍우가 부는 날 발길 닿는 대로 걷다가 베를린의 카이저 프리드리히 미술관에 들어가게 되었다. 틸리히는 위층 작은 전시실에서 우연히 산드로 보티첼리의 〈노래하는 여덟 천사와 함께 있는 성모 마리아와 아기 예수〉를 보게 되었다. 그는 동정녀 마리아의 지혜롭고 연약하고, 동정 어린 눈길과 만나는 순간 건잡을 수 없이 흐느꼈다. 그 자신도 깜짝 놀랐다. 틸리히는 스스로가 "계시적 환희"의 순간이라고 묘사한 것을 경험했다. 그림의 말할 수 없이 부드러운 분위기와 그가 참호에서 배운 잔혹한 교훈 사이의 불일치 때문에 눈물이 솟았다.

그러고 보면 우리는 고통을 경험한 후에야 비로소 예술 작품에 눈을 뜨게 되는 건지도 모르겠다. 행복한 사람은 일기를 쓰지 않는 것처럼 슬픔을 모르는 사람은 작품과 대화할 통로를 알지 못한다. 단지 그 때문에라도 슬픔이라는 감정이 인생에서 절대 겪지 말았어야 할, 순전히 나쁘기만 한 감정은 아닌 것 같다. 그것은 내가 타인과 공감할 수 있는 통로를 만들어 주기 때문이다.

상처는 가시처럼
기억에 박혀 아문다

에바 헤세의 〈액세션(Accession) II〉, 〈행 업(Hang up)〉

•

내 속엔 수많은 가시들, 무엇도 머물 수 없네

•

2011년 어느 일요일, TV 예능 프로그램인 〈나는 가수다〉를 보고 있었다. 나는 원래 음악을 좋아하고 특히 악기 소리보다는 사람의 목소리를 좋아해서 노래를 즐겨 듣기 때문에 날짜를 기다리며 보는 유일한 '본방사수' 프로그램이었다.

그날은 밴드 자우림이 나와서 예전에 하덕규가 부른 〈가시나무〉를 불렀다. 가사를 전부 외워서 부를 만큼 좋아하는 노래였지만 그날은 전혀 다른 느낌으로 다가왔다. 하덕규가 부른 노래가 차분하고 명상적이었다면 자우림의 김윤아가 부르는 그 노래는 날이 무딘 칼로 가슴을 후벼 파는 것처럼 아팠다(날카로운 칼로 베이면 아픔은 피를 본 다음 뒤늦게 찾아오지만, 끝이 무딘 칼로 후벼 파면 베이는 것 자체가 고통이다). 첫 소절을 듣는 순간, 순식간에 눈앞이 흐려지더니 눈물이 줄줄 흘러내렸다.

내 속엔 내가 너무도 많아 당신의 쉴 곳 없네
내 속엔 헛된 바람들로 당신의 편할 곳 없네
내 속엔 내가 어쩔 수 없는 어둠 당신의 쉴 자리를 뺏고
내 속엔 내가 이길 수 없는 슬픔 무성한 가시나무 숲 같네

가수는 완전히 노래에 몰입해 있었다. 그녀의 눈동자는 관객을 바라보고 있지 않았고 자기 내면의 슬픔을 깊이깊이 바라보고 있었다.

바람만 불면 그 메마른 가지 서로 부대끼며 울어 대고
쉴 곳을 찾아 지쳐 날아온 어린 새들도 가시에 찔려 날아가고
바람만 불면 외롭고 또 괴로워 슬픈 노래를 부르던 날이 많았는데—

가수의 목소리는 이제 점점 상승하더니 기어코 울부짖고 있었다. 그건 노래가 아니라 절규였다. 아픔, 후회, 미안함, 그러면서도 어쩔

수 없는 자신에 대한 원망, 그 모든 것이 그녀의 노래 속에 담겨 있었다. 노래 한 곡을 들으면서 그렇게 오래 운 건 아마도 처음이었을 것이다.

에바 헤세(Eva Hesse, 1936~1970)의 작품 〈액세션(Accession) II〉를 봤을 때 내가 떠올린 것이 바로 〈가시나무〉였다. 묵직한 저 작품 안에는 무수한 가시들이 나 있었고 그 가시는 너무나 촘촘해서 새는커녕 자기 자신의 숨결조차도 머물 수 없을 것처럼 보였다. 그 안에 드는 모든 것들에 상처를 내고 마는 자기 안의 공간.

많은 사람들이 에바 헤세의 작품에서 언뜻 메레 오펜하임(Méret Oppenheim)의 〈모피로 된 아침 식사〉를 떠올렸지만 헤세의 이 작품은 철로 만들어진 상자다. 상자 안에는 8,000개의 구멍이 뚫려 있다. 합성수지로 만든 관을 일정한 길이로 잘라 두 개의 구멍에 끼워 넣어서 언뜻 보면 머리빗과 같은 느낌을 주도록 만들었다. 따라서 정확히 말하면 그것은 가시가 아니다.

그러니 내가 이것을 보고 '네가 머물 수 없는 내 안의 가시'를 느꼈다고 하면 틀렸다고, 잘못 보았다고 핀잔을 주는 사람이 있을지도 모른다. 어떤 평론가는 이 작품을 보고 "인생의 근본적인 불합리를 표현하려 했다"고 썼다. 뭐, 어디에 갖다 붙여도 크게 무리가 없는 말이긴 하지만 뭐가 불합리하다는 건지는 여전히 아리송한 문장이다. 하지만 아무렴 어떠랴. 나는 그것이 가시로 보인다.

상처가 많은 사람은 타인을 내 안에 쉽게 받아들이지 못한다.
상처는 나의 내면에 수많은 가시들로 박혀
내 안에 들어오는 모든 것들에 또 상처를 내고 만다.

에바 헤세, 〈액세션(Accession) II〉, 1967/1969

내면의 가시로 남은 어린 시절의 상처

이 작품을 만든 에바 헤세는 34세의 젊은 나이에 죽은 조각가다. 33세에 뇌종양 판정을 받고 여러 차례 수술을 했지만 이듬해 결국 세상을 떠났다. 독일 함부르크에서 태어난 에바는 변호사인 아버지와 잉그리드 버그만을 닮은 아름다운 어머니 사이에서 유복하게 자랐지만, 당시 독일에서 살던 사람이면 누구도 피할 수 없었던 나치의 역사를 겪어야 했다.

유대인이었던 헤세 가족은 나치를 피해 도주해야 했다. 온 가족이 함께 떠날 수 없었던 그들은 힘든 결정을 내렸다. 급한 대로 제일 먼저 에바와 세 살 위인 언니 헬렌을 네덜란드 헤이그행 기차에 태워 보낸 것이다. 그때가 1938년이었다. 세상에… 이제 겨우 두 살인 아이와 다섯 살짜리 꼬마가 살기 위해 부모를 떠나다니. 지금 우리로서는 상상도 할 수 없는 일이지만 목숨이 경각에 달린 그 시대에는 어쩔 수 없는 선택이었을 것이다.

그 아이들은 가톨릭 수녀들이 운영하는 어린이집에서 지내다가 3개월이 지난 후 아버지의 편지를 처음으로 받았다. 그러고도 몇 달이나 지난 뒤에 마침내 탈출한 부모와 상봉한다. 이제 막 말을 배우기 시작한 아이가, 낮 동안 잠시 부모와 떨어져 유치원에 가는 것도 힘겨울 어린 나이에 수개월 동안 낯선 곳, 낯선 사람들과 함께 지내야 했던 것이다. 그리고 1939년 여름, 헤세 가족은 뉴욕으로 떠났다. 독일에 남겨진 에바의 삼촌과 숙모들은 강제 수용소에서 사망했다.

이 짧은 몇 줄의 문장만으로 그 가족이 겪어야 했던 격정의 역사가 모두 표현될 수는 없을 것이다. 어린 나이에 경험한 그 일은 에바에게 강한 트라우마로 자리 잡는다. 그녀는 겉으로는 언제나 명랑했고 뇌종양 판정을 받은 후에도 유머를 잃지 않을 정도로 긍정적인 성격이었으나, 사랑하는 사람과 헤어질지도 모른다는 불안감에 죽을 때까지 괴로워했다고 한다. 그녀의 남편이자 조각가인 톰 도일(Tom Doyle)은 "에바의 예술에 제일 커다란 영향을 준 사람은 제스퍼 존스도, 앤디 워홀도 아니고 히틀러였다"고 냉소적으로 말하기도 했다.

그녀의 삶은 평범하지 않았다. 어머니는 매우 아름다운 여인이었으나 평생을 우울증에 시달렸다. 그리고 미국 생활에 적응하는 중이던 1944년 가을에 갑자기 가출을 했다. 무슨 이유가 있었는지는 알려지지 않았으나 에바의 부모는 1945년에 결국 이혼을 했는데, 이듬해 어머니는 18층 건물에서 떨어져 자살로 생을 마쳤다. 그때 에바의 나이 겨우 열 살이었다. 그녀가 애정을 갖고 타인과 관계를 맺는 데 심각한 문제를 갖고 있었던 것이 그러한 경험, 기억들과 무관하지 않으리라는 걸 어렵지 않게 짐작할 수 있다.

어려서부터 줄곧 병약했던 에바는 갑작스러운 히스테리 증세와 반복되는 악몽으로 괴로워했다고 전해진다. 그녀는 사랑하는 사람과의 이별을 두려워하는 분리 불안증과 예민하고 극단을 오가는 정서, 심각한 두통, 극도의 긴장과 불안 증세를 지니고 있었지만 주변 사람들은 이런 사실을 알지 못했다. 겉보기에 그녀는 밝고 자신감 넘치며 재기가 번뜩이는 명민한 예술가였기 때문이다. 즉, 타인의 눈에 비치는 모습과 주관적으로 느끼는 자신의 모습 사이에 커다란 괴리가 있었던 것이다. 〈액세션 II〉에서 내가 내면의 복잡한 가시를 떠올리는 것이 그리 틀린 감상은 아니라는 생각이 드는 건 바로 이 때문이다.

•

모든 규칙과 고정관념을 거부하다

•

에바는 "내 삶은 언제나 정신적인 상처투성이였고 너무나 부조리했다. 단 한 번도 정상적이고 행복한 일은 없었다"라고 말했다. 자신의 삶처럼 자신의 예술도 정상적이지 않았다고 얘기하기도 했다. 사람들은 말했다. 그녀의 삶을 모르고서는 그녀의 예술을 이해할 수 없다고. 그녀는 자신의 고통을 예술 작업을 통해 해방시키려 했다는 것이다.

오늘날에는 흔히 예술가 개인의 삶과 그의 작품은 별개이며 그 둘을 연결시키려는 것은 구태의연한 낭만주의적 시도라고 말한다. 물론 작가의 의도와는 별개로 작품을 감상할 수 있고 우리는 그것을 개인적인 경험과 연결 지어 마음대로 해석할 권리가 있다. 나도 때때로 그렇게 작품을 본다. 모든 예술 작품을 작가의 삶과 관련짓는 것은 굳이 학문적인 말로 설명하지 않더라도 촌스러운 행위로 느껴진다.

하지만 내게 흥미롭게 다가온 작품이 과연 어떤 의도로 만들어졌을까를 알려고 하는 행위가 구태의연하게만 매도되는 것도 역시 불편하다. 우리가 첫눈에 맘에 든 사람을 더 가까이 알고 싶어서 그의 이야기에 귀를 기울이는 것처럼 작품을 만든 이의 삶에 귀 기울이는 것도 어찌 보면 너무나 당연한 일이기 때문이다. 때로 작가의 삶을 알았을 때 더욱 이해가 잘되는 작품도 있기 마련인 것이다.

그녀의 작품을 조각이라고 해야 할지 망설여진다. 기존의 조각 개념에 들어맞는 것들이 아니기 때문이다. 뉴욕의 프랫 디자인 학교에서 공부를 시작하여 쿠퍼 유니온 스쿨을 졸업하고 예일대에서 미술과 건축을 공부한 그녀는 작품 활동 초기부터 기존의 모든 규칙을 거부하는 그림 그리기를 시도했다.

그 시기의 회화 작품이 2012년 4월 서울 국제갤러리에서 전시되었다. 형체를 뭉개 버린 사람의 얼굴, 관능적이지만 부러 일그러뜨린 여성의 몸은 미묘하고도 아름다운 색채로, 그러나 혼란과 욕망이 뒤섞여 표현되어 있었다. 그녀는 그림을 그리는 것에 만족하지 못했다. 자기가 표현하고 싶은 것이 2차원적인 캔버스 안에서는 제대로 표현될 수 없다는 것을 자각한 것이다. 뭔가 더 묵직하고 격렬한 자기표현을 하기 위해서는 3차원적인 것이 필요했다. 그래서 콜라주를 지나 1965년부터는 비조각적인 조각으로 나아갔다.

그렇게 조각으로 넘어가서도 기념비적이고 영웅적인 작업을 거부했다. 그것은 제일 먼저 작품에 사용하는 재료에서 드러난다. 그녀의 트레이드마크처럼 되어 버린 부드러운 라텍스와 로프, 무명 노끈, 연필, 고무, 송진, 유리 섬유같이 부드럽고 휘기 쉽거나 형태가 고정되지 않으며 때로 투명한 '비예술적인 재료' 들로 작품을 하려는 노력에서, 전통을 거부하고 예술 바깥에 있던 것들을 끌어오려는 시도를 했음을 알 수 있다.

이렇게 비예술적인 재료를 이용한 조각은 처음에는 사람들을 어리둥절하게 만들었다. 그런 물질이 조각의 재료로 쓰일 수 있다고 생각하지 않았기 때문이다. 후에 루시 리파드 같은 페미니스트 미술사가들은 에바 헤세의 새로운 조각을 "조각의 개념과 틀을 깨면서 확장시키고 고정관념을 뒤엎는 시도"로 해석했다.

소외되고 감춰졌던 것의 드러남

〈행 업(Hang up)〉도 어떤 경계에 서 있는 작품이다. 이걸 조각이라고 해야 할지, 아니면 회화라고 해야 할지 모르겠다. 벽에 걸려 있는 건 액자다. 그런데 그림이 걸려 있어야 하는 공간은 비어 있다. 오직 그림틀만 걸려 있을 뿐이다. 틀 안에 그림으로 제시되어 있는 것은 다름 아닌 벽이다. 여기서 첫 번째 반응은 "이게 뭐야? 비어 있네? 뭐 어쩌라고…"이겠지만, 만약 우리가 그것을 '벽이 그림이 된 작품'이라고 생각하게 되면 머리가 좀 상쾌해지는 경험을 하지 않을까?

여기서는 언제나 그림에 가려져 보이지 않던 벽이 틀로 강조되어 사람들의 시선에 노출된다. 감춰졌던 것의 드러남. 게다가 더욱 주목받는 것은 그림이 아니라 그것을 둘러싼 액자다. 언제나 주인공을 돋

그림틀과 틀에 연결되어 있는 관을 통해
아무도 주목하지 않던 두 개의 빈 공간을 바라보게 만든다.
얼핏 차가워 보이는 작품이지만 그 안에는 소외되고 가려졌던 것들의
격렬한 슬픔이 담겨 있는 듯하다.

에바 헤세, 〈행 업(Hang up)〉, 1966

보이게 하기 위해 장식으로만 존재하던 그림틀이 여기서는 벽과 함께 주목을 받게 되는 것이다.

틀의 왼편 위에서 줄이 하나 튀어나와 오른편 아래쪽의 틀로 들어간다. 목재로 된 그림틀은 침대 시트로 된 천으로 둘둘 말려 있다. 틀에서 튀어나온 철사는 노끈으로 감겨 있다. 노끈은 밝은 회색에서 어두운 회색 아크릴로 칠해져 있다.

그렇게 이 작품에서는 빈 벽만 제시되는 게 아니다. 틀에서부터 빠져나온 강관은 그림틀과 마찬가지로 천으로 말고 칠해진 채로 틀의 다른 측면과 연결되어 있는데 그것이 만들어 내는 공간 또한 빈 채로 제시된다. 사람들은 이 작품에서 두 개의 빈 공간과 맞닥뜨리게 되는 것이다.

회화와 조각의 경계에 있으면서 기본적으로는 부조리한 작품. 이건 언제나 무대 뒤에서 보조 역할만 해야 했거나 평생 조연만 했던 경험이 없으면, 아니 최소한 그런 소외의 정서를 알지 못하는 사람은 붙잡아 내지 못하는 주제다.

그러고 보니 제목에 눈이 간다. 'Hang up'. 사전에 의하면 '심리적 장애 혹은 콤플렉스' 또는 '단절'을 뜻하는 말이라고 한다. 그중에서 정확하게 어떤 단어로 번역해야 할지 잘 모르겠으나 둘 다라고 해도 작품과는 교묘하게 맞아 떨어진다. 뒤를 보여주는 앞면, 단절되어 있지 않은 경계선, 떨어지고 싶지 않은 마음, 어쨌든… 모순적인 상태. 에바 헤세는 이 작품을 자신의 최고의 작품이며 극단적인 감정을 처음으로 제대로 표현해 낸 것이라고 말했다.

헤세의 조각에서 초기 작품에 해당하는 이것은 회화와 조각 사이의 긴장을 보여 준다는 해석이 지배적이다. 그녀의 작품은 언제나 기존의 규칙을 위반하고 경계를 넘나든다. 정해진 구조의 틀을 드러내고 질서와 우연을 조합한다. 재료의 엄격함을 유지하거나 그것을 다룸에 있어 안정과 해체를 자유로이 오간다. 그녀의 작품에는 언제나 재료나 구성에서 완고함과 부드러움이 균형을 이루고 있다는 비평이 대부분을 차지한다.

또한 작품 제작에 있어서는 우연을 중요하게 여겼다. 즉, 미리 계획된 대로 하는 게 아니라 자신을 내려놓고 그저 일이 되어 가는 대로 놔두고 그 재료나 첫 시도가 이끄는 대로 가 보는 것이다. 이건 에바 헤세뿐만 아니라 현대의 많은 작가들이 작품 제작 과정에서 시도하는 것이긴 하다. 에바 헤세는 이 우연의 요소를 서로 아무런 관련이 없는 것들을 가져다가 새로운 형식으로 자유롭게 조합해 놓는 데서 사용했다. 매번 성공하는 것은 아니지만 이런 시도는 때때로 흥미로운 결과를 가져온다.

·

아름다움을 혐오하게 만드는 고통

·

작업의 과정도 그렇고 주제나 재료 면에서 전통을 거부하는 것도 그렇고 기존의 조형적인 아름다움을 파괴하는 것도 그렇고, 작품과 관련된 모든 것이 그녀의 삶과 연관되어 있다.

오랫동안 심리 치료를 받았던 에바 헤세는 반복되는 악몽으로 괴로워했다고 한다. 그 꿈은 혼자 남겨진 어린 에바가 유니폼을 입은 남자들에게 둘러싸여 고문을 당하는 내용이었다. 꿈속에서 그들은 "네가 어렸기에 망정이지 그렇지 않았다면 죽여 버렸을 거야"라고 말했다.

나는 모든 것의 원인이면서 아무것도 증명할 수 없는 정신분석이라는 것을 별로 신뢰하지도 않고 좋아하지도 않지만, 자기 힘으로 할 수 있는 것이 아무것도 없을 때 겪은 극단의 폭력적인 상황이 얼마나 한 인간을 힘들게 하는지는 잘 안다. 더구나 에바의 경우는 너무 어린 나이에 겪은 일이라서 상흔이 더욱 깊게 남았을 것이다. 아마도 그 이유 때문일 것으로 짐작되지만 그녀는 낭만적인 이야기를 싫어했다. 일기를 보면 장식적인 작품이나 예쁜 조각, 착한 내용의 그림을 참을 수 없어 했다고 쓰여 있다.

아름다운 그림과 조각, 벽 위의 예쁜 장식을 참을 수가 없다. 예쁜 색깔, 빨강, 파랑, 노랑, 세련되게 평행하여 내려오는 선이 역겹다. 만약 아름다움의 언설이 그 누군가의 입장을 대변하는 또 하나의 진리의 서사에 지나지 않는다면? 무엇이 아름답다고 여기고 또 왜 아름다운지를 주장하는 미술 언어가 실상 그 어떤 집단의 분리할 수 없는 특정한 입장의 언어라면? 권위 있는 그 누군가의 욕망을 자신의 욕망으로 내면화하고 복화술과 같이 그 언어를 다시 쏟아 내는 것이 아름다운 예술이라면? 그렇다면 그 아름다움은 역겨운 것임에 틀림없다.

참을 수 없는 현실의 고통을 겪는 이들이 알록달록한 예쁜 그림에 구토증을 느끼는 것은 자연스럽다. 현실과 괴리된 '그들만의 잔치'에 본인은 동조할 수 없다고 생각하는 것이다. 그건 자신의 현실을 표현하고 있지 않기 때문에 내 것이 아니다.

에바 헤세는 그렇게 우연적인 세계, 서로 모순되는 것들이 뒤섞인 극단의 세계를 작품으로 끌어와 표현했다. 조각이나 회화의 영역에서 등한시되었던 재료들을 사용하여 '사이'와 '틈', 혹은 '뒤'를 보여 줌으로써 우리의 감각과 사고의 영역을 넓혀 주었다. 말로 표현할 수 없고 논리적 언어로 연결시킬 수 없지만 뿌연 안개처럼 공기 중에 흩어져 있는, 분명히 존재하지만 구체적인 형상 언어로 포착하기 힘든 생각들을 보여 주는 것이다.

자살,
희망을 갈구하는
절망의 몸부림

필립 라메트의 〈사물들의 자살〉
공성훈의 〈담배 피우는 남자〉, 〈낚시〉

웃을 수도, 울 수도 없는 어떤 자살

세상에… 의자가 자살했다!

무슨 소설 제목처럼 느껴지는 이것은 필립 라메트(Philippe Ramette, 1961~)의 작품이다. 〈사물들의 자살(Le Suicide des Objets)〉이라 이름 붙여진 이 작품은 미술관 천장에서부터 내려온 노끈에 의자가 대롱대롱 매달린 형태다. 그 의자는 다른 의자를 받침대로 사용했다. 우리가

의자가 자살을 하는 이 말도 안 되는 상황을 보고
웃어야 할까 울어야 할까.
타의에 의해 자살로 내몰린 수많은 이들의 죽음을 생각할 때
결코 맘 편히 웃을 수가 없다.

필립 라메트, 〈사물들의 자살〉, 2011

갖고 있는 기본 상식에 어긋나기 때문에 눈길을 끄는 작품이다. 말도 안 되는 모습에 처음엔 웃음이 터질지도 모른다. "하하하, 의자가 죽다니… 그것도 다른 의자를 받침대 삼아서. 무슨 만화도 아니고…."

그런데 이 작품을 보았을 때 나는 웃을 수가 없었다. 웃기는커녕 가슴이 쿵, 울리는 느낌. "의자, 너마저…"라고나 할까? 일반적으로 알려진 바에 따르면 지구상에 살아 있는 생명체 중에서 자살을 하는 종은 인간뿐이라고 한다. 지금까지의 지식에 의하면 오직 인간만이 스스로의 생을 자신의 의지로 끝내 버린다. 상황이 그런데 하물며 사물의 자살이라니. 너무나 말이 안 되지 않는가 말이다.

여기서 약간 뜬금없이 김지하 시인의 "선택하라, '풍자냐 자살이냐'"라는 글귀가 떠올랐다. 이 말은 김수영 시인의 "누이야 풍자가 아니면 해탈이다"라는 시구를 김지하 시인이 바꿔서 인용한 글귀다. 예술적 풍자마저 허용치 않는 암울한 시대상을 비판하면서 예술가에게 자살은 완전한 패배이고 오로지 풍자만이 살 길임을 역설하는 말이지만, 여기서는 원래의 맥락과는 상관없이 그냥 내 머릿속에 떠오른 것이다. 필립 라메트의 〈사물들의 자살〉에서는 풍자냐 자살이냐의 양자택일이 아니라 자살을 풍자한 것이 되어 버린 셈이다. 생을 마감하는 비극적인 순간에 풍자라는 미학적 행위는 얼마나 어울리지 않는 것인가. 그래서 우리는 작품 앞에서 울 수도, 그렇다고 웃을 수도 없는 매우 어정쩡한 상태에 놓이게 되는 것이다.

나는 자살에 대해 "절대로 해서는 안 되는 중대한 윤리적 범죄"라는 말은 하고 싶지 않다. 그보다는 오히려, 세상에 태어난 것은 내 뜻이 아니었지만 죽는 순간은 내가 선택할 수 있는 게 아닌가, 하는 생각을 하는 사람이다. 친구의 친척 고모님께서 어느 날 가족을 불러 당신의 삶을 끝내고 싶다고, 잘 살다가 간다고, 내 길을 막지 말라고 하신 뒤 그날로 곡기를 끊고 생을 마감하셨다는 소식을 듣고 잔잔한 감동을 느꼈다.

사실, 그런 예는 의외로 드물지 않다. 오래전 보았던 미국의 병원 드라마 시리즈에서 난치병에 걸린 여인이 치료를 거부하자 의사들이 그녀를 설득했다. 설득의 말로는 아마도 생명의 존엄성 운운했을 것이다. 그때 그 여인의 말이 오래 기억에 남았다.

"내가 사랑하는 사람들과 평소에 하던 대로 평범하게 지내다가 가도록 해 주십시오. 남은 시간을 병원에서 주삿바늘과 호스에 의지해 보내고 싶지 않습니다. 생명을 억지로 연장하는 것만이 인간의 존엄성을 유지하는 거라고 생각하지 않습니다. 자연스럽게 살다가 때가 되어 가는 것도 내 존엄을 지키는 일이지요."

또 언젠가는 베를린의 한 교회에서 있었던 고 백남준 선생의 전시에서 당시 이미 노년으로 접어든 예술가의 인터뷰를 본 적이 있다. 그는 안락사 제도에 찬성한다고 말하고 자신은 죽을 때를 스스로 선택하고 싶다고 했다. 그뿐만 아니다. 내 주변에는 생을 자신의 의지대로 마감하고 싶다는 사람이 많다. 나는 그들이 매우 자존심이 강한 사람들이라는 것을 알고 있다. 나 또한 그렇게 내가 가야 할 때를 결정하고 싶다고 생각하는 사람이다.

그런데 지금 작품을 보면서 문제로 삼아야 할 것은 이러한 자발적인 자살이 아니라 타의에 의해 죽음으로 내몰린 사람들의 자살이다. 말이 좀 이상하지만 자살은 자살이되 자살이 아닌 자살. 우리 주변에서 벌어지는 수많은 죽음들 말이다.

자살 강요하는 사회

근래 들어 자살 소식이 잦았다. 물론 자살자들은 고래부터 있었지만 유난히 자주 들린다고 생각되는 게 단지 느낌만은 아니다.

통계에 의하면 우리나라는 세계 최고의 자살국이다. 2010년 자살로 사망한 사람의 수는 1만 5,566명. 지난 10년간 250퍼센트 증가한 수치라고 한다. 그중에 남자가 1만 329명, 여자는 5,237명이다. 한 해 자살 시도자 수는 무려 10만 8,000명이다. 하루에 평균 42.6명이 자살한다고 통계는 말한다. 거기에는 매 33.8분마다 한 명씩 죽는다고 친절하게 설명되어 있다. 참고로 OECD 평균 자살률은 인구 10만 명당 11.3명이다. 우리는 그 평균치보다 세 배가 높은 31.2명이란다. OECD 국가 중 1위일 뿐만 아니라 세계에서도 최고다. 이것은 교통사고 사망자 수보다 2.3배나 많은 수치란다. 독일, 덴마크, 오스트리아 등 대다수 OECD 국가의 자살률이 30퍼센트 이상 크게 떨어진 것에 비해 우리나라 자살률은 큰 폭으로 늘고 있다.

자살률 세계 최고라는 소식도 그렇지만 그보다 더 놀라운 점은 젊은 층의 자살률이 높다는 데 있다. 젊은이들이 살고 싶어 하지 않는 사회, 노인도 살고 싶어 하지 않는 사회, 여자도, 남자도 살고 싶어 하지 않는 사회, 그렇다고 아이들은 살고 싶어 하냐 하면 절대로 그렇지 않은 사회. '자살 강요하는 사회'에서 우리는 산다.

사람 사는 거, 다 똑같다고 말하지만 이토록 자살률이 높은 데는 분명 사회적인 이유가 있을 것이다. 10대는 성적에 대한 압박, 학교 폭력과 왕따 문제로 자살한다. 20대는 실연 때문에 죽는가 했지만 사랑 때문에 죽는 사람은 별로 없고 취업 문제로 죽는다. 30~40대는 명예퇴직을 하거나 해고로 인한 심적 고통과 생활고 때문에 자살한다. 또한 노인들도 자살을 한다. 양극화로 인해 빈곤에 빠진 노인들이 자식들에게 짐이 될까 저어하여 스스로 목숨을 끊는다.

자살률이 그리 높지 않았던 예전에는 자살을 개인적인 비극으로 여겼다. 이것이 사회적인 문제로 되는 데는 IMF라는 사회경제적 요인이 결정적이었다. 1996년부터 2010년까지의 자살률을 분석한 것을 보니 노인과 여성의 자살률이 크게 늘었다. 어제도, 오늘도, 우리는 그런 죽음의 소식을 들었다.

우리 부모님도 자식들에게 폐가 되는 노년의 삶을 살게 될까 봐 매우 걱정하고 계신다. 주목할 점은 남자가 여자보다 두세 배 정도 자살률이 높다는 사실이다. 이건 전 세계적으로 공통이란다. 여성으로 살아가는 것이 얼마나 힘든지에 대해 논하지만 자살은 남자들이 더 많이 한다. 언뜻 아이러니라는 생각이 들지만 이해가 안 가는 바는 아니다. 남성성의 가치가 높은 만큼 그에 도달하지 못하는 남성들은 심리적으로 더 큰 부담을 안게 되는 것이다.

하여간 자살과 관련된 수치는 참으로 여러 가지 의미를 담고 있다. 그러니 필립 라메트의 〈사물들의 자살〉이 얼마나 마음에 와 닿았겠는가 말이다. 얼마나 세상 사는 게 끔찍했으면 의자마저 자살을 하겠는가… 그리고 여기에 있는 이 그림!

죽음을 응시하는 이의 고독한 뒷모습

오랜 세월을 견딘 훈장과도 같은 바위층이 주름살처럼 펼쳐진 계곡. 그 사이로 깊고 푸른 물이 호수처럼 고여 있다. 그 물빛은 보기만 해도 가슴속까지 써늘해진다. 그 바위의 한 끝에 웃통을 벗은 남자 하나, 쭈그리고 앉아 담배를 피운다. 담배 연기가 흩어지지 않는 걸 보니 바람은 세지 않은 것 같은데 남자의 벗은 등이 안쓰러울 정도로 그림에서 받는 느낌은 굉장히 춥다. 그건 아마도 화폭을 주도하는 푸르디푸른 색채 때문일 것이다.

제목에 의하면 이곳은 부산의 태종대다. 혹시 자살바위? 지명이 분명히 쓰여 있기는 한데 이곳이 내가 봤던 태종대인지는 확실하지 않다. 이 남자도 자살을 하려고 하는 걸까? 그는 지금 자살을 앞두고 마지막으로 담배 한 대 문 것일까? 얼마 전에 자살로 생을 마감한 우리나라 전(前) 대통령이 떠오르는 순간이다. 중심 한번 잘못 잡으면 바

죽음에 대해 생각하는 것은 곧 삶에 대해 생각하는 것이다.
등 떠미는 사회, 자신이 살아온 삶, 죽음 뒤의 세상, 나를 둘러싼 모든 관계…
쪼그려 앉아 담배를 피우는 남자의 모습은 지독히도 고독해 보인다.

공성훈, 〈담배 피우는 남자(태종대)〉, 2011

로 아래로 떨어질 수도 있는 곳에서 이 남자, 무얼 하고 있는 걸까?

남자는 등을 보이고 있어 얼굴 표정을 알 수 없다. 익숙한데 낯선 풍경 속에 그 풍경과 섞이지 못하는 인물의 모습은 위태롭게 보인다. 겹겹이 쌓인 바위층으로 인해 시야는 막혔다. 그의 시선은 아래를 향하고 있지만 아마도 그 시선은 구체적인 대상이 아닌 더 먼 곳을 향해 있을 것이다.

뭔가를 생각하는 사람의 시선. 위태롭긴 하지만 왠지 나는 그가 계곡 속으로 몸을 던질 것 같지는 않다. 어쩐지 죽으려는 사람이 저런 신발을 신고 있지는 않을 것 같다는 막연한 생각. 그는 저 아래, 물밑을 내려다본다. 그 모습은 자살하려는 사람이라기보다는 외려 죽음에 대해 깊이 생각하는 사람처럼 보인다.

죽음에 대해 생각한다는 것은 삶에 대해 생각하는 것이다. 등 떠미는 사회, 자신이 살아온 삶, 죽음 뒤의 세상, 자신을 둘러싼 모든 관계… 하지만 어찌 되었든 쪼그려 앉아 담배를 피우는 그의 모습은 지독히도 고독해 보인다.

이 그림은 2012년 3월, 서울 조계사 근처에 있는 한 미술관에서 열린 공성훈(1965~)의 개인전에서 본 것이다. 전시장에 들어선 순간 코트 깃을 여며야 했다. 너무나 추워서 팔뚝과 목에 소름이 돋는 게 느껴졌다.

전시장 안은 온통 파도가 부서지는 바다였고 물은 시퍼렇게 넘실댔다. 회화는 분명 시각적인 매체인데 나는 소리를 들었다. 파도가 몰려와 바위에 부서지는 소리, 폭포 소리, 우주를 집어삼키려는 듯 몰아치는 바람 소리…. 작가는 거대한 바다와 바위산을 통해 숭고하고 무시무시한 자연을 보여 주고 있었다. 그 바닷가에서 아이들은 파도에 맞서 돌팔매질을 하거나 작은 불꽃을 하늘로 쏘아 올리고, 작은 소망을 담아 쌓아 올린 돌탑이 곳곳에 놓인 동굴 안에는 촛불 하나가 위태롭게 밝혀져 있었다.

자연 풍경이지만 이것은 현실에 대한 은유로 읽힌다. 어디서 물보라가 칠지 알 수 없는 혼란스러운 상황, 언제 파도가 몰아쳐 내 작은 몸뚱어리를 휩쓸고 갈지 모르는 위험한 순간. 태풍이라도 불어올 것처럼 음산하게 깔려 휘몰아치는 먹구름. 그리고 끝없이 사방에서 불어오는 바람, 바람, 바람.

2011년 1월에 한 달 동안 제주에 펜션을 빌려 머물렀던 경험에 의하면 이건 제주의 겨울 풍경이다. 그때 나는 결코 가볍지 않은 내 몸이 무게감 하나 없이 저절로 떠밀리는 경험을 했다. 공성훈이 보여 주는 바다 풍경도 꼭 그와 같았다. 그건 내 의지가 제대로 작동되지 않는 공간, 이리저리 떠밀리는 세상, 가까스로 버텨야 하는 세상을 의미했다.

•

사나운 운명에 맞서는 묵묵한 희망의 몸짓

•

앞에서 깊은 계곡의 물을 응시하던 남자는 결국 그 자리를 뜬 모양이

거칠게 몰아치는 파도, 쏟아지는 빛내림과 상관없이
무심히 자기 할 일을 하고 있는 낚시꾼.
그 모습에서 불가항력적인 운명에 맞서는 꼿꼿하고 묵묵한 희망을 본다.

공성훈, 〈낚시〉, 2012

다. 이 그림에서 그는 바다낚시를 하고 있다.

하지만 이건 할리우드 영화의 한 장면에서 보듯이 햇빛이 아름답게 퍼지는 오후에 긴 낚싯줄을 우아하게 던지는 한가로운 풍경이 아니다. 그렇다고 바람막이 점퍼를 입고 밤새 입질을 기다리는 밤낚시도 아니고, 조각배 위에 낚싯줄을 드리우고 세월아 네월아 음풍농월하는 신선놀음도 아니다. 그는 마치 사나운 자연과 대적이라도 하듯 몰아치는 파도와 맞서는 중이다.

바닷물에 낚싯줄이 제대로 담길지 의문일 만큼 바람이 거세다. 그가 서 있는 땅은 바다로 둘러싸여 있다. 현실에서는 전혀 찾아볼 수 있을 것 같지 않은 풍경이다. 작디작아 섬이라고도 할 수 없을 것 같은 공간에 발 딛고 서 있지만 그 주변은 이미 바닷물로 출렁거린다. 저 멀리 또 한 차례 큰 파도가 몰려올 모양이다. 여기서 짙은 푸른색은 차갑고 냉정한 느낌을 주며 고립감을 고조시킨다.

이 사나운 바다를 앞에 두고 그는 대체 왜 저러고 있을까? 경험 많은 낚시꾼이어서 이 정도쯤은 괜찮다고 여기는 것일까? 하늘은 두꺼운 먹구름으로 뒤덮여 있지만 한 군데 강렬한 빛내림이 보인다. 하지만 낚시꾼은 그 빛내림으로부터 비켜나 있다.

바닷가에서 빛내림을 보면 마치 신의 계시라도 받는 듯 황홀한 느낌을 받는 게 일반적이지만 이 그림에서의 빛내림은 공격적이다. 빛은 작은 구멍이 뚫린 하늘로부터 내리 꽂힌다. 낚시꾼은 그 빛과 상관없이 자기 일에 몰두하고 있다.

어찌 보면 무섭고 절망적인 그림이지만 난 이 그림에서 희망을 본

다. 그건 순전히 희망을 보고 싶은 내 개인적인 의지 탓이겠지만…:
하늘의 뜻이야 어떻든 내 알 바 아니라는 듯, 아니, 차라리 내 인생에
개입하지 말라는 듯, 쏟아지는 빛내림과 상관없이 무심히 자기 할 일
을 하고 있는 낚시꾼. 이렇게 거친 파도 속에서 과연 낚시가 될까? 혹
시 그는 고기를 잡아 올리는 것이 목적이 아닐지도 모르겠다. 검푸른
수면을 바라보며 삶과 죽음에 대해 성찰하던 그는 어쩌면 인생의 바
닥을 이미 경험한 사람일지도 모르고, 그렇게 바닥을 본 사람은 폭우
가 얼마나 몰아치든, 하늘의 뜻이 어떻게 작용하든 상관없이 묵묵히
자신이 해야 할 일을 할 뿐이다.

삶은 사는 것이 아니라 살아 내는 것이다

프란시스코 데 고야의 〈막대기를 들고 싸우는 사람들〉
알베르토 자코메티의 〈광장〉

죽지 않으려면 죽여야 하는…

언제부턴가 신문을 보지 않았다. 종이 신문을 보지 않은 건 더 오래되었지만 보지 않으려고 해도 볼 수밖에 없는 인터넷 신문들은 그냥 커다란 제목만 훑어보는 것으로 대신한다. 가뜩이나 웃을 일이 드문 삶에서 신문은 내 인상을 더욱 험하게 만드는 역할을 한다는 생각이 들었기 때문이다.

내가 죽지 않으려면 너를 죽여야만 하는,
그렇게 누군가 하나 죽을 때까지 서로를 쳐야만 하는 비극.
이 잔인한 세상에서 우리는 살아남기 위해 싸움을 계속한다.

프란시스코 데 고야, 〈막대기를 들고 싸우는 사람들〉, 1820~1823

정치인들의 역겨운 거짓말, 가진 자들이 자기만 더 잘살겠다고 저지르는 횡포, 그 횡포를 눈감아 주는 권력, 매일 수십 건씩 터지는 강간과 폭력 사건, 살고 있는 터전을 빼앗긴 사람들의 울부짖음, 일터를 잃은 사람들의 절규. 그리고 그런 현실에 더 이상 신경 쓰며 살기 싫은 현대인들의 무관심….

현실은 언제나 소설을 능가한다. 소설을 보며 허구라고 생각하여 안도하지만 현실은 더욱 비참하거나 잔인하거나 끔찍하다. 매일 보는 신문이나 뉴스에서 우리는 매 순간 그것을 확인한다. 하긴… 그 어떤 전쟁화가 실제 전쟁 장면에서 오는 충격과 놀라움과 분노를 넘어설 수 있겠는가. 예술가들은 현실에서 창조의 동기를 제공받지만 언제나 현실이 보여 주는 장면을 따라가지는 못하는 게 아니었던가.

구병모의 소설집 《고의는 아니지만》에 실린 단편 〈타자의 탄생〉을 보면, 지극히 평범한 삶을 살다가 어느 날 갑자기 하반신 전체가 인도 한복판에 처박힌 남자의 이야기가 나온다.

몸 주변에 성분을 알 수 없는 크롬색 금속이 덮여 있어 꼼짝도 할 수 없는 남자. 그는 자신이 왜 갑자기 이 구멍에 빠진 것인지 도무지 알 수가 없다. 그에게 구조의 손길이 없었던 건 아니지만 금속의 성분도 알 수 없고 꺼낼 장비도 없다는 걸 알아챈 사람들은 그를 그저 난감하고 귀찮은 걸림돌로 취급하다가 점차 잊어버린다. 아내는 이혼 서류와 메모만 남겨 놓고 떠나 버리고 경찰도 손을 놓는다. 그의 몸에는 벌레가 끼기 시작하고 행인들은 동정심도 잊은 채 공포에 가까운 혐오감을 표시한다.

하루아침에 '거리 한복판에 박혀 있는 세균 덩어리'가 되어 버린 남자는 "차라리 죽어 주었으면 좋겠다"는 세간의 경멸로 가득 찬 시선을 받는다. 소설은 남자가 "구멍은 어디에나 있어요"라는 말을 하려고 마지막 안간힘을 쓰는 것으로 끝난다.

그렇다. 구멍은 어디에나 있고, 우리는 누구나 구멍에 빠질 수 있다. 그런데도 단지 지금 당장 구멍에 빠진 사람이 내가 아니라는 사실에 안심하면서 타인의 불행으로부터 눈을 돌린다. 상위 1퍼센트도 안 되는 사람들은 상상도 할 수 없는 부를 갖고 있으면서도 더 많이 갖기 위해 애쓰지만, 나머지 99퍼센트의 사람들은 그저 생존하기 위해, 살아남기 위해서 힘을 짜낸다. 그렇게 살아남기 위해 '고의는 아니지만' 타인에게 물리적이건 심리적이건 폭력을 행사하기도 하면서 말이다.

서로에게 가하는 모멸에 가득 찬 폭력, 물신 숭배의 세상, 분노를 하다 하다 지쳐서 무기력함에 빠져 버린 세상. 김지하 시인이 〈풍자냐 자살이냐〉라는 글에서 토로한 것처럼 "외치면 외칠수록 공허해지고, 가라앉으면 가라앉을수록 답답하다. 삶은 하나의 불가사의한 괴물처럼 보인다. 이 괴물의 선회 속에 말려 버리든가 아니면 멀리 달아나 버리든가 두 길밖에 없는 것처럼 보인다".

프란시스코 호세 데 고야 이 루시엔테스(Francisco José de Goya y Lucientes, 1746~1828)의 〈막대기를 들고 싸우는 사람들〉을 보면 무릎은 모래에 파묻혀 있고 두 남자는 주걱처럼 생긴 막대기를 들고 서로 덤빈다. 내가 죽지 않으려면 너를 죽여야만 하고 그렇게 누군가 하나 죽을 때까지 서로 몽둥이를 들어 쳐야만 하는 비극성이 이 그림에 나타나 있다. 언뜻 그렇게 잔인해 보이지 않는 이 그림은 서로 칼이나 총을 들고 단번에 승부를 내는 장면보다 훨씬 암담하게 다가온다. 인간은 순간의 실수로 금방 목숨이 끊어지기도 하지만 그렇게 쉽게 죽을 수 없는 질긴 생명력을 지닌 존재이기도 한 것이다.

죽을 때까지 맞는다면 우리는 대체 얼마나 오래 맞아야만 하는 것일까? 이것은 정말 도저히 피할 수 없는 것일까?

여기서 귀스타브 플로베르의 말이 떠오른다.

> 삶은 왜 이렇게 끔찍하단 말인가? 삶이란 머리카락이 둥둥 떠다니는 수프와 같다. 그렇지만 여러분은 그 수프를 마셔야 한다.

세상에, 머리카락이 둥둥 떠다니는 수프를 마셔야 하는 게 삶이라니, 표현도 참…. 여기서 플로베르는 훨씬 부드럽게 표현했지만 잔인한 삶을 피할 수 없다는 사실은 달라지지 않는다. 굶어 죽지 않으려면 우리는 그 더러운 수프를 멀쩡한 눈으로 보면서도 마셔야 하고, 도망갈 수 없으므로 막대기를 들고 싸워야 하는 것이다.

〈막대기를 들고 싸우는 사람들〉은 잔인한 세상에 대한 회화적 은유, 볼수록 몸서리쳐지는 예술적 고발이다. 삶의 비극을 담은 이 그림을 보고 있으면 공포스럽기까지 하다.

인생은, 살아 내기 위해 애쓰는 것

언제 어느 장소에서 보든 가슴이 쿵, 울리는 작품이 있다. 내겐 자코메티의 조각이 그렇다.

작품에 대한 묘사? 별로 할 게 없다. 분명히 사람의 모습인데 그 육체가 너무나 빈약하여 금방이라도 부서져 내릴 것만 같다. 하지만 가느다란 몸체에 비해 발은 좀 크다. 그래서 그는 부서지거나 흔들릴지언정 쉽게 넘어지지는 않을 듯 보인다. 그 육체가 차지한 공간 속에서 그들은 정말 왜소하다. 하지만 그는 서 있다. 그는 걷는다. 그것뿐이다. 그런데 이상하게 감동적이다. 왜일까?

그것은 사는 일이 녹록하지 않음을 우리 모두 알기 때문일 것이다. 자코메티 본인의 말을 따라 '눌리고 깎이고 덜어 내어져서' 실제와는 전혀 다른 낯선 모습으로 서 있는 저 조각의 인물들에서 우리는 우리 자신의 모습을 발견하는지도 모르겠다.

왜, 그런 경험 있지 않은가? 어느 날 문득 멈춰 서서 하늘을 보면서 내가 여기에 왜 있는지, 여기서 뭘 하는지 모르겠다는 생각이 드는 것. 하루하루 정신없이 내달리다가 어느 순간 느껴지는 공허함과 지독한 고독감에 몸서리친 경험. 모든 게 다 낯선 느낌. 방의 책상도 주방의 식기들도, 매일 걷던 길의 형태도, 심지어 자기 자신마저도 낯설어서 어찌할 바를 모르고 서성이던 날의 느낌.

바로 그런 게 저 작은 조각에서 느껴지기 때문이다. 그럼에도 불구

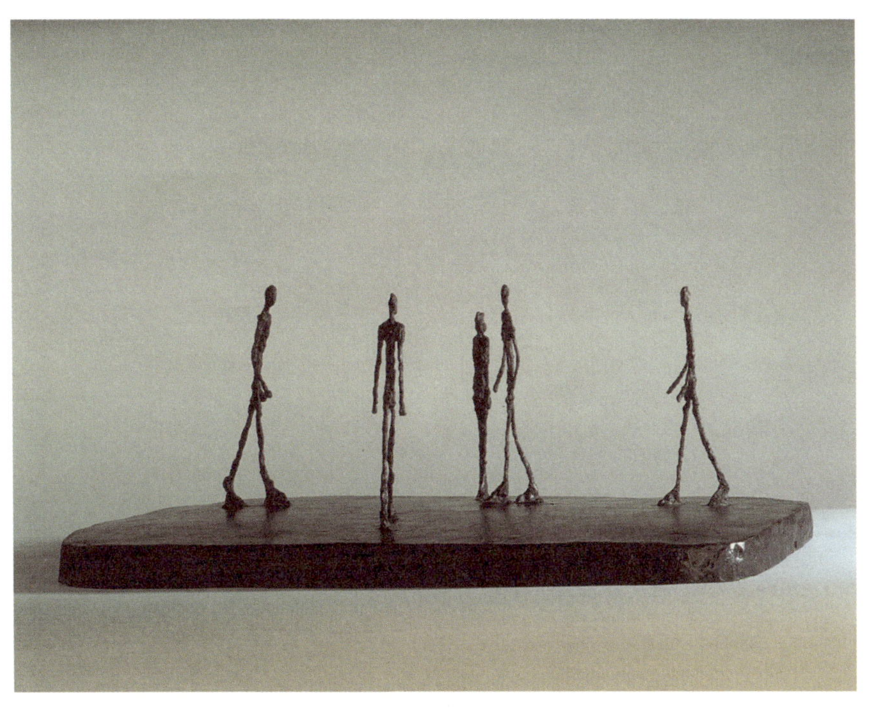

뼈대만 남은 듯한 사람들이 걸어간다.
그들의 몸은 부서지거나 흔들릴지언정 쉽게 넘어지지는 않을 것 같다.
녹록지 않은 삶이지만 어떻게든 살아 내려 애쓰는 인간의 모습은
한없이 고독하고 감동적이다.

알베르토 자코메티, 〈광장〉, 1948~1949

하고 저 인물들은 앉아 있거나 누워 있는 게 아니고 서 있거나 걷고 있다. 그것만으로도 그들은 힘들어 보인다. 그게 그냥 감동적이다. 눈물이 날 만큼….

사람들은 스위스 태생의 조각가 자코메티를 '영혼의 기본적 실체를 담은 조각가'라고 부른다. 그리고 그의 조각을 사르트르나 실존주의 철학과 연결하곤 한다. 하지만 내가 이 작품에서 떠올리는 것은 사르트르가 아니라 카뮈다. 사르트르와 카뮈가 '실존주의'로 연결되는 이름들이기는 하지만 사르트르의 철학서는 내게 너무 어렵고 그의 소설은 제목처럼 '구토'가 날 지경이라 다른 사람에게 설명할 수 있을 만큼 소화할 수가 없다.

하지만 카뮈는 마치 전생의 내가 아니었을까 싶을 만큼 동일시가 되는 인물이다. 종교가 힘을 잃고 신이 사망선고를 받은 이후 신앙의 힘이라거나 믿음에 기댈 수 없게 되어 버린 인간에게 이 세계는 어느 날 우연히 내던져진 공간일 뿐, 신이 없으므로 우리는 구원받지도 못한다. 거기에는 어떤 숙명적 기대감 같은 것이 있을 수 없다. 내 의지도 아니고 신의 뜻도 아닌 채로 순전히 우연으로 세상에 내던져졌으니 거기에 어떤 의미가 있을 수 있겠는가. 여기서는 화를 낼 수도 없다. 화낼 대상이 없기 때문이다. 애초에 세상을 이렇게 만든 신이 없는데 어디에 대고 화를 낸단 말인가.

《이방인》의 뫼르소는 사형 집행을 앞두고도 신부와의 면회를 거절한다. 시간이 없는 그는 하느님 이야기로 시간을 낭비할 생각이 없다. 사후 세계는 관심 밖이다. 그에게 확실한 것이라고는 '모든 인간은 죽는다' 는 것뿐이다.

> "인간은 이제 자신이 우연의 산물이고, 정말로 하찮은 존재이며, 이유
> 없이 게임을 그만두어야 한다는 것을 깨닫는다. 나는 인생이 무의미하
> 다고 생각한다. 본래 무의미한 것인데도 우리는 살아가면서 의미를 부
> 여하려고 노력하는 것이다."

이건 자코메티가 한 말이다. 카뮈가 뫼르소의 입을 빌어 한 말인지 자코메티가 한 말인지 구분이 가지 않을 정도로 서로 비슷한 이야기를 하고 있는 것이다. 그러므로 자코메티의 조각에서 카뮈를 떠올리는 건 너무나 자연스럽다. 카뮈의 군더더기 하나 없는 건조하고 간결한 문체와 '사물의 실체'에 도달하려고 깎고 깎고 또 깎아서 깡마른 모습이 된 자코메티의 조각 또한 서로 그렇게 이어져 있다.

18세기에 태어나 19세기 초반을 살았던 프란시스코 데 고야와 20세기를 살았던 자코메티는 삶의 비극성을 잘 알았던 작가들이다. 그들은 살아 있는 동안 수차례나 끔찍한 전쟁을 겪었고 인류의 폭력성에 공포를 느꼈으며 자신의 힘으로는 어쩔 수 없는 것에 대한 무력감을 경험한 사람들이었다.

고야는 논리적으로 설명이 안 되는 세상살이의 한 부분을 보여 주기 위해, 그리고 이성과 비이성의 양극을 오가는 역사 속에서 현실을 잘 보여 주기 위해 환상을 도입하거나 왜곡하는 방법을 썼고, 실제로 일어난 전쟁 상황을 묘사할 때는 지극히 사실적인 방법을 썼다. 그리

고 자코메티는 이렇게 덜어 내어진 인간 형상을 통해 '살아 내기' 위
해 애쓰는 인간들의 고독한 모습을 보여 주었다. 그래서 그들의 작품
에서는 겉모습만으로는 보이지 않는 삶의 진실이 아프게 드러나는 것
이다.

PART 4

사는 게 곤욕이라면, 생각의 틀 자체를 바꿔 봐

편견이 작동하면
성인도 속물로 보인다

안드레 세라노의 〈오줌 예수〉

예술인가, 신성모독인가

꿈속에서처럼 몽롱한 풍경이다. 십자가에 달린 예수의 몸 위로 황금빛 햇살이 은은하게 반짝인다. 작은 물방울 같은 것이 공간 전체에 떠다니는데 그것이 이 장면을 더욱더 몽환적으로 보이게 한다. 어디선가 여성의 목소리가 허밍으로 흘러나올 것만 같다. 예수의 영혼이 막 육신을 떠나 천국으로 향하는 장면을 묘사한 것일까?

아이러니하게도 오줌 속에 들어 있는
십자가상이 이토록 아름답고 성스럽게 보일 수 없다.
어떤 눈으로 보느냐에 따라 성화로 보일 수도,
신성모독으로 보일 수도 있을 것이다.

안드레 세라노, 〈오줌 예수〉, 1987

그러다가 제목을 보고는 깜짝 놀란다. 〈오줌 예수〉란다. 어디에, 어디에 오줌이 있단 말일까? 설명을 보니 십자가상을 오줌통에 넣고 조명을 비춰 사진을 찍은 거라고 한다. 그 오줌은 작가 자신의 것이다. 내가 놀란 것은 자신의 오줌에 십자가상을 넣었다는 점이 아니라 오줌 속에 들어 있는 십자가상이 이토록 아름답게 찍혔다는 점이었다. 사람의 감정을 격렬하게 움직이는 법을 알았던 바로크 시대의 십자가 그림도 이렇게 섬세하게 예수의 마지막 장면을 표현해 내지는 못했다는 생각이 들 정도다.

그런데 오줌이라니… 이거, 문제가 생기지 않았을까? 당연히 문제가 되었다. 성직자들과 일부 신자들이 이 작품이 신성모독이라고 반발한 것이다. 안드레 세라노(Andres Serrano, 1950~)가 작품을 만든 1987년에도 문제가 있었으나 본격적으로 논란이 된 것은 2010년 12월부터 열린 〈기적을 믿습니다〉 전시회였다. 이 전시회는 아비뇽의 이봉 랑베르 미술관(la collection d'art contemporain Yvon Lambert)이 개관 10주년 기념으로 기획한 것이었다.

가톨릭 정치 단체인 시비타스가 작품 철회 청원서를 냈고 아비뇽 대주교가 성명서를 냈다. 시민들은 미술관에 항의 전화를 하고 메일을 보냈으며 미술관 앞에서 시위를 했다. 그들은 전시에서 작품을 떼어 내고 작품 사진이 실린 포스터도 철거하라고 요구했다. 작가가 그리스도의 이미지를 훼손했다는 거였다. 그뿐 아니라 관람객 두 명이 망치와 드라이버를 가지고 가서 작품을 훼손한 뒤 사라졌다.

사람들의 거센 항의에 랑베르 미술관의 담당자인 에릭 메질은 "프랑스에서는 신성모독이라는 범죄가 존재하지 않는다"고 대응했다. 지금이 중세 시대도 아니고 신성모독을 이유로 작품을 떼어 내라니, 쉽게 들어줄 수 없는 요구다. 아비뇽 시에서도 "시립미술관이 아닌 장소에서 열리는 미술 전시회에 시가 간섭할 수 없다"고 발표했다.

과격파 신자들은 흥분을 가라앉힐 수 없었다. 사람들은 작가를 '이단' 내지는 '인간의 탈을 쓴 사탄'이라고 생각했다. 안드레 세라노는 종교계에서 가장 싫어하는 작가가 되었다.

편견에 갇힌 현대인에 대한 도발

온두라스 출신의 아버지와 쿠바 출신의 어머니 사이에서 태어나 로마 가톨릭 분위기에서 성장한 안드레 세라노는 뉴욕에 살면서 작업하는 미국의 사진작가다. 그는 주로 종교와 죽음, 성을 주제로 작업하는데 〈오줌 예수〉처럼 종교계의 거센 반발을 불러일으킨 작품을 만든 그도 열세 살까지는 가톨릭 신자였다고 한다. 1967년부터 1969년까지 브루클린 뮤지엄 아트 스쿨에서 회화와 조각을 공부하다가 사진으로 바꾸었다. 에이즈의 공포가 퍼지던 1980년대 후반에 피, 오줌, 정액 등 체액을 사용하여 혐오스럽고 기괴하며 외설스러운 이미지로 충격을 주는 작품을 내놓아 세상에 알려졌다.

현대 예술에서 도발은 하나의 전략이 된 지 오래다. 새로운 것이 너무 많아 더 이상 새로운 것이 아무 의미가 없게 되어 버린 탓에 관객들은 모든 새로움에 지쳐 버렸다. 지겹다. 이건 역설이다. 새로움이 오히려 진부해져 버린 것이다. 그래서 안드레 세라노의 작품도 가자미눈을 뜨고 보게 된다. 이것도 도발을 위한 도발이 아닐까, 싶은 것이다. 이미지 자체는 아무런 문제가 없다. 오히려 매우 아름답다. 그리고 첫눈에 이것이 오줌 속이라는 걸 알아차릴 수도 없다. 그렇다면 사람들이 분노한 것은 이미지 때문이 아닐 것이다.

맞다. 제목 탓이다. 만약 작가가 작품 제목을 다르게 붙였다면 반응은 달라졌을지도 모른다. ‘사랑’ 혹은 ‘승천’ 같은 제목을 달고 있었다면, 그리고 작품을 다 본 후에 카탈로그나 설명서에서, 혹은 도슨트의 설명으로 “사실 이 작품은 작가의 오줌에 십자가상을 집어넣고 찍은 사진입니다”라는 말을 들었다면 놀라기는 했을지라도 이처럼 격렬한 반응을 일으키지는 않았을지도 모른다. 그렇다면 작가는 처음부터 사람들의 감정을 자극하기 위해 부러 도발적인 제목을 갖다 붙였다는 말이 된다.

그런데 여기서 또 한 가지 생각이 꼬리를 문다. 오줌통 속에 있다는 것이 그렇게 화를 낼 일인가 하는 점이다. 오줌을 싸지 못하는 사람은 몸 안에 독이 쌓여 결국 죽게 되므로 오줌은 우리의 삶에서 없어서는 안 되는 매우 중요한 요소다. 그뿐만 아니라 민간요법에서는 오줌이 병의 치료에 쓰이기도 한다. 그러므로 오줌이 더럽다는 것은 현대인의 위생 관념에서 나온 한 가지 편견일 수도 있다.

그 점을 제외한다고 해도 신께서 친히 더럽고 추한 인간 세상에 약하디약한 인간의 육신을 빌어 오셨다는 사실이 오줌통 속에 들어 있는 예수로 표현되었다고 읽는 것은 왜 안 될까. 《왼쪽-오른쪽의 서양 미술사》의 저자 제임스 홀은 그 책에서 다음과 같이 이야기한다.

> 하지만 그리스도와 관련해서 중요한 점은 인간의 모습으로 현현했기에 그가 '십자가에 못 박혔다'는 점이다. 그는 천상에서 지상으로, 신의 오른쪽에 있는 영광스러운 왕좌에서 베들레헴의 마구간으로 갔고 그 후에 십자가에서 모멸적인 죽임을 당했다. 갈 수 있는 한 가장 멀리 '왼쪽'으로 간 것이다. 그리고 지상에서 그는 '극히 비천하고 하찮은 부모'의 아들이었다.
> 중세 교회는 그리스도의 '십자가에 못 박히심'을 상징하는 특별한 의식을 만들어 냈다. 먼지, 재, 모래가 있는 교회 한가운데 바닥에 십자 모양의 그리스어와 라틴어 알파벳을 그리는 것이 그것이다. 그리스어 글자 카이(X)는 또한 그리스도의 이름 첫 글자이기도 하다.

중세 교회가 재료로 썼다는 먼지, 재, 모래나 안드레 세라노의 오줌이나, 비유나 상징으로 쓰인 재료로서 커다란 차이는 없다. 오히려 안드레 세라노의 재료가 비천한 인간 세상에 오신 신의 사랑을 더욱 강렬하게 드러내는 게 아닌가 하는 생각이 들기도 한다.

못생겨서 아름다울
'수'도 있다

페르난도 보테로의 〈춤추는 사람들〉, 〈얼굴〉

예쁘지는 않지만 사랑스러워

색전구가 반짝반짝 빛나는 실내에서 남녀가 춤을 춘다. 이렇게 말하면 대개는 이런 장면에서 으레 등장하기 마련인 늘씬하고 아름다운 여인과 등 쪽 라인이 예술적으로 떨어지는 멋쟁이 남자의 날렵한 모습을 상상할 것이다.

하지만 이 그림에선 다르다. 남자는 2:8 가르마를 타고 머릿기름을

멋쟁이 미남도, 늘씬한 미녀도 아니지만
춤추는 모습이 더없이 활기차고 유쾌해 보인다.
사랑에 빠졌기 때문일까. 누군가 내 안의 전구를 밝혀 주는 순간,
우리는 누구나 아름답고 눈부신 빛을 발한다.

페르난도 보테로, 〈춤추는 사람들〉, 2000

발라 제법 단정해 보이지만 미남은 아니다. 입에는 담배를 물고 춤에 몰두하느라 눈을 내리깐 채 온 신경을 무게중심을 옮기는 중인 발동작에 모으고 있는 그의 모습은 일반적인 의미에서 매력적이라고는 할 수 없다. 여자는 뒷모습이어서 얼굴은 보이지 않지만 우와, 저 종아리! 구두굽이 애처로울 지경이다. 하지만 그들이 춤추는 모습은 활기차고 유쾌하다. 그림에서 열정적인 라틴 음악이 흘러나오는 것 같지 않은가.

이 그림은 페르난도 보테로(Fernando Botero, 1932~)의 작품이다. 콜롬비아의 메데인에서 태어난 그는 독학으로 그림 공부를 시작했다. 책이나 복사판을 통해 그림을 공부했음에도 불구하고 재능이 뛰어났던지 스무 살이 채 되지 않은 나이에 콜롬비아 살롱에서 2등을 하면서 유럽에 유학할 기회를 얻게 되었다.

유럽에서 보테로는 스페인과 파리, 이탈리아의 피렌체를 두루 돌며 학교보다는 주로 미술관에 머물면서 선배 화가들의 그림을 보며 공부했다. 그는 벨라스케스를 존경했고 피에로 델라 프란체스카, 파올로 우첼로 등의 초기 르네상스 회화에 깊은 감명을 받았다. 또 멕시코로 가서 디에고 리베라의 기념비적이고 혁명적인 양식에 영향을 받기도 했다.

그의 경로를 보면, 1950~1960년대 미국에서 추상표현주의 미술이 주류를 이뤘을 때 그는 정반대의 방향으로 나아간 셈이다. 남들이 다 '감정의 분출'이니 '행동의 예술'이니 하면서 화면에 물감 좍좍 뿌리고, 무의식을 표현한다느니 말할 수 없는 그 무엇을 시각적으로 표현한다느니 하고 있는데 옛날 옛적으로 거슬러 올라가 이젠 구닥다리처럼 되어 버린 르네상스 회화나 프레스코화를 모범으로 삼는다니, 주변에서도 "쟤, 뭐니?" 했을 것 같다.

하지만 그는 자기 마음이 이끄는 대로 했다. 프레스코의 본고장에서 고전적이고 전통적인 기법을 배우고 르네상스에서 정확한 선과 균형미를, 멕시코에서 기념비적인 벽화 양식을 배웠다. 거기에 조국인 콜롬비아의 삶이 버무려진 그의 그림은 처음에는 "바로크적인 촌스러운 키치"라는 악평을 들었지만 1960년대 중반 이후부터 세간의 주목을 받으며 커다란 인기를 끌었다.

불이 켜지면 누구나 아름다워진다

보테로의 그림은 분명히 구상화이긴 한데 사실적으로 그린 그림은 아니고 현실을 있는 그대로 반영하는 것도 아니다. 그렇다고 냉소적이거나 비판적인 뉘앙스가 느껴지는 것도 아니다. 남미 특유의 색감을 유지하면서 유쾌하고 즐겁다. 미술사에 나오는 유명한 작품의 인물들을 모두 뚱뚱하게 그림으로써 다 빈치의 〈모나리자〉도, 반 에이크의 〈아르놀피니 부부의 초상〉도 원작이 갖고 있는 권위와 아우라가 없어진다. 대신 그 자리에 조금 우스꽝스럽게 보이기는 하지만 친근하고 밝고 즐거운 기운이 들어선다. 그의 그림이 유독 친근하게 느껴지는 것은 그림 속 인물들이 나와 비슷하기 때문이기도 하다.

어릴 때 내가 갖고 있던 유일한 콤플렉스는 외모에 관한 것이었다. 예쁜 언니와 동생 사이에서 나는 언제나 집을 방문한 손님들의 말문을 막는 존재였다. "아이고, 셋째 딸은 선도 안 보고 데려간다더니 이 집 셋째가 바로 그렇네요." "어머나, 큰 딸은 단아하니 고전적으로 예쁘네요." 그러고는 나를 본다. 무슨 말을 하긴 해야겠는데 마땅한 찬사를 찾아내지 못해 어쩔 줄 몰라 하는 것이 보인다. "이 집 둘째는… 음… 참 씩씩하게 생겼네요."

손님들은 내게 거의 언제나 '씩씩하다'는 단어를 썼다. 아무리 눈치가 없어도 "씩씩하다"는 말이 "예쁘지 않다"는 말의 다른 표현임은 쉽게 눈치챌 수 있었다. 사춘기에 접어들어 자의식이 생기기 시작하면서 어느 순간 나는 그 말이 가슴에 콱 박혔다. 아팠다. 내게는 그 누구도 "예쁘다"는 말을 해 준 적이 없었던 것이다.

그것을 극복하기까지는 상당한 시간이 걸렸다. 아니, 어쩌면 그건 아직까지 극복되지 않았는지도 모른다. 다만 성장하면서 자존감을 유지하는 다양한 방법들을 개발했다거나("다행이지 뭐야. 나를 좋아한 사람들이 최소한 내 외모 때문에 나를 좋아하게 된 건 아닐 테니까." "외모 말고는 내세울 게 없다는 건 참 슬프잖아?" 기타 등등), 나이가 들면서 다들 엇비슷하게 되어 버려 내 외모가 특별히 못나 보이지 않게 되었다거나, 사람들의 시선이 외모에만 집중되지 않게 하는 다른 전략들을 무의식적으로 터득했다거나(호탕하고 너그러운 성격, 유머 감각과 지성, 타인을 배려하는 마음씨 등) 하는 식으로 스스로 콤플렉스를 극복했다고 느끼는 것인지도 모른다.

어쨌든 한동안 나를 무척 슬프게 했던 외모 콤플렉스는 누군가를 사랑하거나 사랑받는 데 걸림돌이 되지 않을까 했으나 결국 그렇게 되지는 않았다. 거의 모든 영화나 드라마, 혹은 소설 속에서 주인공은 늘 아름다운 여인들 차지였지만 현실에서는 못생긴 여자들도 얼마든지 사랑을 하고 사랑을 받았다.

출간된 지 좀 된 박민규의 소설《죽은 왕녀를 위한 파반느》를 우연히 읽게 되면서 벅찬 감동을 받은 것도 아마 내 속에 여전히 숨겨져 있던 콤플렉스를 다독여 주었기 때문일 것이다. 그것은 너무나 작고 못생기고 볼품없는 외모를 지닌 한 여자를 누가 봐도 멀쩡하고 매력적인 한 청년이 사랑하게 되는 이야기였다. 누가 이렇게 기특한 생각을 했을까 싶었고, 심지어 고마워 울컥하기까지 했으니 나도 참···. 소설에서 박민규는 다음과 같이 말한다.

빛을 발하는 인간은 언제나 아름다워. 빛이 강해질수록 유리의 곡선도 전구의 형태도 그 빛에 묻혀 버리지. 실은 대부분의 여자들··· 그러니까 그저 그렇다는 느낌이거나··· 좀 아닌데 싶은 여자들··· 아니, 여자든 남자든 그런 대부분의 인간들은 아직 전기가 들어오지 않은 전구와 같은 거야. 전기만 들어오면 누구라도 빛을 발하지. 그건 빛을 잃은 어떤 전구보다도 아름답고 눈부신 거야. 그게 사랑이지. 인간은 누구나 하나의 극을 가진 전선과 같은 거야. 서로가 서로를 만나 서로의 영혼에 불을 밝히는 거지.

우리는 누구나 사랑에 빠지면 갑자기 아름다워진다는 것을 안다. 얼굴색이 환해지고 근육이 긴장으로 팽팽해지면서 젊어진다. 표정은 꿈꾸듯 부드러워지고 마음은 한없이 너그러워진다.

보테로가 그린 그림 속 남녀도 그렇게 빛난다. 누군가 나에게 춤을 청하고 그 제안을 듣는 순간 내 안의 전구가 탁, 켜진다. 밝게 빛나는 상대의 얼굴은 한층 아름답게 보인다. 음악이 울리고 몸을 움직인다. 손에 들어가는 힘의 방향이 내 몸에 세밀하게 느껴지고 우리는 서로의 몸에 반응한다. 말하지 않아도 그가 무엇을 원하는지 저절로 알게 된다. 마음이 서로 통하니 다른 것은 부차적이 되거나 사소해진다. 내 안의 전구에 불이 들어왔으니 얼마나 마음이 따뜻해지겠는가. 우리는 누구나 그때의 그 노글노글한 기분을 안다.

누구나 그런 사랑을 원한다. 하지만 실제로는 사랑에 빠지기 힘들다고 느끼는 건 대체 무엇 때문일까? 여기서 박민규는 이렇게 말한다. "누구나 사랑을 원하면서도 서로를 사랑하지 않는 까닭은, 서로가 서로의 불 꺼진 모습만을 보고 있기 때문이야."

미술관에서 만난 '얼큰이'가 반가운 이유

〈얼굴〉은 서울 덕수궁미술관에서 열렸던 보테로 전시회에서 관객들에게 가장 사랑받은 작품이라고 한다. 그 이유가 재미있다. "어머나,

캔버스를 가득 채운 커다란 얼굴이 내 얼굴인가 싶게 친근하다.
예쁘고 얼굴 작은 여자만 그리라는 법은 없다.
못생긴 '얼큰이'라고 해서 사랑스럽지 말라는 법도 없다.

페르난도 보테로, 〈얼굴〉, 2006

깜짝이야. 내 얼굴인 줄 알았어요." 나도 놀랐다. 내 얼굴인 줄 알고. 우리가 흔히 놀리는 말로 하는 '얼큰이'가 캔버스 가득 당당하게 그려져 있었던 것이다.

흥미로운 점은, 사진을 찍을 때는 그토록 얼굴이 작게 나오게 하려고 몸을 뒤로 빼고 카메라를 머리 위로 올려 턱 쪽이 갸름해 보이도록 각을 잡는 등 갖가지 방법을 다 취하면서, 캔버스에서 발견한 머리 큰 여자의 얼굴을 보고는 반갑고 기쁜 마음이 들었다는 거다.

나 또한 자타가 공인하는 '얼큰이'에 속하는데 살이 쪄서 얼굴이 커진 것도 있지만 타고난 뼈대 자체가 커서 아무리 살이 빠진다고 해도 얼굴 크기를 줄이는 데 한계가 있다. 얼굴이 크다는 것이 과거에는 전혀 모욕적인 것이 아니었음을 떠올리면 현대의 '작은 얼굴 선호 현상'은 뭔가 좀 억울한 측면이 있다. 우리 주변을 잠깐 둘러보기만 해도 얼굴이 작은 사람보다는 큰 사람이 훨씬 더 많다.

그런데도 다수의 '얼큰이'들은 자신의 존재를 부끄러워하면서 가능하면 얼굴 크기를 줄이기 위해 갖은 노력을 다한다. 남자들은 "못생긴 건 참을 수 있어도 얼굴 큰 건 참을 수 없다"는 말을 아무렇지도 않게 하고 그런 말을 듣는 여자들은 "못생긴 게 성질도 더럽다"는 소리를 듣지 않기 위해 호탕하게 웃어넘기는 법을 배워야 한다. 얼굴이 크면, 얼굴이 못생기면, 몸이 뚱뚱하면 사랑받지 못할 거라는 불안감에 괴로워하고 실제로도 연애를 잘 하지 못할 가능성이 더 큰 상황 속에서 열등감에 휩싸여 살아가야 하는 것이다. 그런 우리들에게 보테로가 그린 그림과 박민규의 소설은 커다란 위안이고 즐거움이다.

그러니까 사람들이 말하는 꿈같은 일이란 실은 별다른 일이 아니야. 그 냥 이렇게 사는 거야. 꿈같은 사랑이란 것도 별다른 게 아니지. 그냥 살 아가듯이 그냥 사랑하는 거야. 기적 같은 사랑이란 그런 거라구. 보잘것 없는 인간이 보잘것없는 인간과 더불어… 누구에게 보이지도, 보여 줄 일도 없는 사랑을 그럼에도 불구하고 해 나가는 거야. 이쁘지도 않은 서 로를, 잘난 것도 없는 서로를… 평생을 가도 신문에 기사 한 줄 실릴 일 없는 사랑을… 그런데도 불구하고 해 나가는 거지. 왜, 도대체 왜 그런 일을 하느냐 이 얘기야. 기적은 바로 그런 것이라고 생각해. 한 줌의 드 라마도 없이… 어디 좋은 곳 한번 가 보지 못한 채… 어딜 가 봐야 눈에 띄지도 않고, 딱히 내세울 것도 없이… 이를테면 부인께서 참 미인이십 니다라든가, 그런 소리 한번 듣지도 못하면서… 그래도 서로를 버리지 않고, 버릴 수 없어 서로를 거두는… 여보 이제 어쩌지? 이런 걱정을 매 일같이 하면서도… (중략) 그럼에도 불구하고 그냥, 그냥 서로를 사랑하 는… 신문과 방송이 외면하는 수많은 사람들이야. 어때, 예수가 걸친 옷 만큼이나 초라하지? 기적이란 그런 거야.

읽지 말았으면 좋았을 반전은 기대하지 않은 가운데 갑자기 온다. 보테로는 자기 그림이 뚱뚱한 사람을 그린 것임을 부정했다. 사람들 이 하도 "뚱뚱한 사람들을 그리는 이유가 뭔가? 당신은 뚱뚱한 사람 들을 좋아하는가?" 하고 질문을 해 대니까 "나는 뚱뚱한 사람들을 찬 양하기 위해 그린 게 아니라 볼륨, 구성, 색채를 잘 보여 주기 위해 고 민하는 과정에서 그런 형태가 나왔을 뿐"이라고 해명한 것이다.

박민규는 책의 말미에 자기는 한 번도 뚱뚱하고 못생긴 여자와 사랑에 빠진 적이 없노라고 했다. 비록 그런 여자와 사랑에 빠지지는 않았지만 이 세상에 존재하는 수많은 그녀들을 위해 이런 사랑 소설 한 권쯤은 써 보고 싶었노라고.

난 그들의 말에서 심한 배신감을 느꼈다. 차라리 읽지 말 것을. 이래서 작가의 의도 같은 건, 몰라도 된다니까. 하지만 뒤이어 다시 생각한다. 아무렴 어떠랴. 비록 이 세상이 천박하게도 획일화된 미의 기준으로 통일되고 있기는 하지만 사람은 저마다 자기 눈을 가지고 있다. 게다가 내 안의 전구를 켜 준 사람은 비록 적지만 내가 전구를 밝혀 준 남자는 수도 없이 많다.

현명하게 나이 들어 간다는 것

루시안 프로이트의 〈화가의 어머니〉
메리 카사트의 〈캐서린 켈소 카사트의 초상〉

나이 드는 것에 대한 두려움

노부인이 침대 위에 편안하게 누워 있다. 지방이 다 빠져나간 손과 얼굴 피부는 주름지고 늘어졌고 머릿속도 훤히 보인다. 어딘가 먼 곳을 응시하고 있는 이 노부인의 꽉 다문 입술과 정갈한 흰색 옷은 꼬장꼬장한 성격을 보여 주는 것 같다.

　　루시안 프로이트(Lucian Michael Freud, 1922~2011)가 자신의 어머니

를 그린 그림이다. 화가의 어머니가 누워 있는 방은 지극히 소박하다. 그녀는 커튼까지 친 방의 철제 침대 위에 누워 무슨 생각을 하고 있는 걸까? 그녀가 지금 보고 있는 것은 무엇일까? 살아온 날이 많은 만큼 추억할 일이 많다는 걸 행복해하고 있을까? 조금 전까지도 침대 곁의 의자에 앉아 있었을 화가는 늙은 어머니를 어떤 마음으로 그렸을까? 그녀의 표정만으로는 그 어떤 것도 상상하기가 쉽지 않다. 나는 그녀의 머릿속으로 들어갈 수가 없다.

우리는 젊음, 청춘을 기꺼이 찬양하지만 늙음을 찬양하지는 않는다. 그 누구도 늙어 가는 것에 대해 예찬하는 글을 쓰려고 하지 않는다. 나의 어머니는 "아이는 하는 짓마다 귀엽고 사랑스럽지만 노인들은 하는 짓마다 구성없고 밉살스럽다"라고 말씀하시곤 했다.

어머니처럼 우리들도 늙어 가는 것을 두려워한다. 방송에선 매일 주름살을 없애는 수많은 방법에 대해 떠들고, 너도 나도 동안이 되어야 한다고 강요한다. 얼굴이 늙어 보이면 그 사람의 성격과 인간성까지 의심한다.

젊어 보인다는 것이 그 사람의 인간성과 살아온 날의 정당성을 보장해 주기라도 하는 걸까? 마치 그렇다는 듯이 우리는 만나는 누구에게나 "어머나, 왜 이렇게 젊으세요?", "그 나이로는 절대 안 보이네요"라는 인사말을 해야 한다. 비록 그것이 명백한 거짓말이라 해도 말이다. 더 이상 그 말이 진실이라고 믿지 않을 때가 되어서도 막상 상대방으로부터 그 말을 듣지 않으면 서운해하고 노여워한다. 나는 그런 현실이 못내 불편하다. 왜냐하면… 우리는 분명히 매 순간 늙고 있

사람들은 청춘을 기꺼이 찬양하지만
늙음을 예찬하지는 않는다.
그러나 젊은이가 감수해야 하는 위태로움,
온갖 회의와 불안을 떠올려 보면
더 이상 젊지 않다는 사실을 애통해할 필요가 없다.

루시안 프로이트, 〈화가의 어머니〉, 1982~1984

고 이미 늙었기 때문이다.

하지만 우리는 안다. 젊음은 때때로 무모한 열정에 쉬이 휩싸이며 독선적이고 버르장머리 없는 짓을 서슴지 않는다는 것을. 자신이 무식하다는 것을 모르고, 바로 그렇기 때문에 용감하게 내달리기도 한다는 것을. 나이 든 사람들이 아련한 표정으로 젊음을 떠올리며 향수에 젖는 것은, 실은 그들이 젊었을 적 자신의 행동과 모습의 추한 면을 잊고 있기 때문이다.

젊음을 질투해서 이런 말을 하는 거라고 생각할 수도 있겠다. 하지만 나는 30대에 접어들며 20대가 지나갔다는 사실에 안도했고, 40이 넘어서면서 점점 더 행복해졌다. 젊은이가 감수해야 하는 온갖 위태로운 결정들로부터 자유로워진 것이 다행스럽게 여겨졌다. 도저히 끝나지 않을 것 같은 고달픈 시간들, 자신의 가능성에 대한 회의와 미래에 대한 불안, 그 숱한 사랑과 이별의 고통에 휘둘리지 않을 수 있을 만큼 삶과 인생에 대한 통찰의 시간을 지나왔다는 것에 대한 안도감. 이 모든 것이 더 이상 자신이 젊지 않다는 사실을 애통해하지 않도록 해 주었다. 그런데 왜 많은 사람들은 늙음을 부끄러워만 하는 걸까?

•

의연하게 죽음을 맞이하고 싶다면

•

어쩔 수 없이 '늙음'은 '죽음'과 짝을 지어 연상된다. 늙는 것을 그토록 거부하는 이유는 그것이 죽음과 가깝기 때문일 것이다. 오래도록 명상을 하고 종교적인 생활을 한 인격이 훌륭한 어른도 막상 죽음 앞에서 뒤로 물러서는 모습을 종종 보았다. 죽음은 우리가 알지 못하는 세계이므로 그곳에 발을 들여놓는 것이 두려울 수밖에 없다. 그래서 우리는 때로 의연히 죽음을 맞이하는 사람들을 상상한다.

마를렌 고리스 감독이 만든 〈안토니아스 라인(Antonia's Line)〉이라는 영화에 보면 한평생 당당하게 자신의 의지대로 살아온 여인 안토니아가 어느 날 아침 죽을 날이 되었음을 깨닫고 담담히 평소처럼 생활하다가 식구들을 불러 놓고 작별 인사를 남기는 장면이 나온다. 그녀의 넓은 품 안에서 가족을 형성해서 살아온 마을 사람들과 자식과 손녀와 애인은 밤을 새우며 그녀의 마지막을 지킨다. 사랑하는 이를 떠나보내야 한다는 슬픔은 있지만 죽음에 대한 두려움이나 공포는 없다. 아마도 우리가 꿈꾸는 가장 이상적인 장면일 것이다.

죽음에 대해 인상적으로 기술한 또 하나의 작품은 사실과 환상을 아무렇지 않게 넘나들면서 지독히도 고독한 가문의 일대기를 그린 가브리엘 G. 마르케스의 《백 년 동안의 고독》이다. 현실에서 일어날 법한 일들이 환상적인 일화들과 섞여 있어 '마술적 사실주의'라고 불리는 이 소설은 백 년 동안 고독을 숙명처럼 안고 살아가야 했던 부엔디아 가문의 신기루 같은 역사다. 이들에게 죽음은 낯설고 이질적인 것이 아니다. 죽은 사람이 눈앞에 나타나 말을 하기도 하고 사람이 죽지도 않고 승천하기도 하며 시신과 오래도록 한 집에서 기거하기도 한다.

어느 날 나타난 죽음의 신은 너무나 무섭지 않은 모습이어서 오히려 놀랍다. 그녀는 파란 옷을 입고 머리를 기른 고풍스러운 여자로 천 연덕스럽게 옆에 앉아 바느질을 하고 바늘에 실을 꿰어 달라고 부탁 까지 하며, 자신의 수의를 짜라는 명령을 내리고 그가 다 짤 때까지 기다린다. 그렇게 자신의 죽음을 기다리는 사람들은 슬퍼하지 않는 다. 곧 죽을 것을 알게 된 사람은 자신의 소유물을 가난한 사람들에게 나누어 주고 죽을 때 입을 옷과 허술한 슬리퍼만을 남겨 놓는다. 고해 성사를 하라는 권유에도 "마음에 꺼리는 것이 조금도 없으므로 신의 도움을 받을 필요는 없다"고 딱 잘라 대답한다.

의연하고 평화로운 죽음. 그렇게 죽을 수 있으려면 우리는 평소 죽 음에 대해 가능한 한 많이 생각해야 한다.

누구나 꿈꾸는 품위 있는 노년의 모습

〈캐서린 켈소 카사트의 초상〉을 그린 메리 카사트(Mary Stevenson Cassatt, 1844~1926)는 베르타 모리조와 더불어 인상주의 그룹 가운데 드물게 알려진 여성 화가다. 미국 피츠버그 은행가의 딸로 태어나 유 복하게 자란 그녀는 열다섯 살에 펜실베이니아 미술 아카데미에서 공 부한 후 새로운 세계를 찾아 1866년에 파리로 가서 젊은 날의 대부분 을 유럽에서 보냈다. 장 레온 제롬(Jean Leon Gerome)에게서 사사하고 드가와 친분을 나누었으며 그의 권유로 인상파 그룹에 참여했다. 화

우리는 누구나 이 부인처럼 품위 있게 늙기를 바란다.
현명하고 아름다운 노년의 얼굴을 가질 수 있다면
나이 든다는 것이 끔찍하기만 한 일은 아닐 것이다.

메리 카사트, 〈캐서린 켈소 카사트의 초상〉, 1889

가로 참여했을 뿐만 아니라 무명 인상파 화가들의 그림을 수집해서 동료들을 재정적으로 도왔으며 미국에 적극적으로 알렸다. 이렇게 그녀가 유럽 미술사에 끼친 공헌은 결코 작다고 할 수 없다.

하지만 생전에 그녀는 화가로서 그다지 인정받지 못했다. 그녀가 그린 그림은 밝고 따뜻하다. 특히 젊은 엄마와 어린아이가 있는 그림이 유난히 많다. 그들은 서로 친밀하게 빰을 맞대거나 키스를 나누거나 목욕을 한다. 아이는 엄마의 젖을 빨거나 완전히 긴장을 풀고 소파에 앉아서 논다. 모자의 모습이 너무나 사랑스러워 자기 자식을 그린 게 아닐까 싶지만 놀랍게도 그녀는 평생을 독신으로 살았다고 한다.

그녀는 부르주아 여성들의 사적인 일상을 인상파적인 기법으로 그렸던 화가다. 그녀의 그림에서는 차를 마시고 책을 읽고 아이를 돌보고 애완견을 쓰다듬고 과일을 따고 바느질을 하고 편지를 쓰고 몸을 씻고 머리를 빗고 악기를 연주하고 오페라를 관람하고 부엌에서 일을 하는 여인들이 고요하고 우아한 자태를 뿜어낸다.

〈캐서린 켈소 카사트의 초상〉을 보자. 그림 속 여인은 작가의 어머니다. 부유한 집안의 안주인인 캐서린 켈소 카사트가 품위 있는 노년의 모습으로 그려져 있다. 그녀는 한 손에 손수건을 쥐고 다른 한 손으로 얼굴을 받친 채 생각에 잠겨 있다. 완고한 느낌의 검은색 드레스에 흰색 숄을 걸친 그녀의 뒤에는 그림 액자가 걸려 있고 그 앞의 탁자에는 노랗고 빨간 꽃이 꽂힌 화병이 놓여 있다. 머리는 곱게 빗어 뒤로 묶었고, 피부는 주름살이 잡혔으나 오래된 비단결 같은 부드러움이 느껴진다. 곱다. 오랜 세월 살아오면서 옳고 그름에 대한 자기

나름의 분명한 판단 기준이 있을 것 같지만 그것이 메마르고 딱딱하게 표현될 것같이 보이지 않는다. 부드럽지만 완고하고 침묵의 무게를 간직한 노년의 모습이다.

현명한 얼굴을 가질 때 나이 듦은 행복이다

사람은 모두 늙는다. 이 말은 "사람은 모두 죽는다"라는 말처럼 진실이다. 늙지 않기 위해 얼굴에 보톡스를 수도 없이 맞고 때 맞춰 주름살을 펴고 주기적으로 염색을 해도, 죽음을 거부할 수 없는 것처럼 나이 듦도 피할 수 없다. 어쩔 수 없이 누구에게나 다가오는 시간임에도 불구하고 늙음을 대하는 우리의 태도는 안쓰럽고 기괴하다.

나의 어머니는 60세를 넘어서면서부터 카메라를 거부하셨다. 어쩌다 사진기를 들이대면 한사코 고개를 숙이거나 외면하셨다. 심지어 '괴물'을 찍으려 한다고 화를 내기도 하셨다. 어머니는 스스로를 '괴물'이라고 표현하셨다. 하긴, 그런 태도는 노인들에게서만 보이는 건 아니다. 중년이 된 내 친구들도 수시로 그랬다. "이젠 거울 보기가 싫어. 내 얼굴 보는 게 끔찍해." 거울 앞에 서기가 무서운 나이가 된다는 것은 얼마나 슬픈가!

그런데 나이 먹는다는 게 그렇게 끔찍하기만 한 일일까? 주변을 둘러보면 그런 말이 괜히 나온 건 아니라는 생각이 들기도 한다. 왜냐하면… 우리 주변엔 흉하게 늙은 노인들이 참으로 많기 때문이다.

우리는 흔히 나이가 들면 충분히 현명해지리라 기대한다. 살아온 날이 많을수록 경험도 쌓이게 될 것이고 이러저러한 삶의 역경들을 겪으면서 인간을 이해하는 폭도 넓어지리라 생각하는 것이다. 그러면서 "왜 현실에선 그렇게 현명하고 아름답게 늙어 가는 사람을 볼 수 없을까?" 하고 질문한다. 노인들은 아름답기보다는 괴팍하거나 고집불통이고 이해력보다는 편협함으로 똘똘 뭉쳐 있는 것처럼 보이기 때문이다. 그런 생각을 하던 중 줄리언 반스의 《플로베르의 앵무새》를 읽다가 이 문장을 만났다.

부드러운 치즈는 흐물흐물해지고 단단한 치즈는 딱딱해진다. 그러나
결국에는 둘 다 곰팡이가 핀다.

아, 그렇구나. 물렁한 치즈가 세월이 흘러 딱딱해지거나 딱딱한 치즈가 물렁물렁해지는 게 아니라 물렁한 치즈는 세월이 흐르면서 더 물렁해지고 딱딱한 치즈는 더 딱딱해지는 거구나. 물론 둘 다 곰팡이는 피는 것이겠지만 변화하는 양상은 내가 기대하는 것과는 다른 거구나. 그러므로 멍청한 사람이 시간이 흘러 현명해지길 기대하는 건 무릇 잘못되어도 한참 잘못된 것이리라. 세월이 나를 현명하게 만들어 주길 기대하느니 지금 당장 나 스스로 자신을 바꾸는 게 낫다. 세월은 나의 어떤 것도 변화하도록 만들지 못한다. 내 못난 점만 들춰내 줄 뿐.

하지만 나이 든다는 것이 끔찍하기만 하다면 우리 생은 너무나 허망하다. 늙기 전에 인간은 전부 죽어야만 될 것 같기 때문이다. 세상에 '괴물'처럼 늙어 가는 자신과 맞닥뜨리고 싶은 사람이 어디에 있겠는가?

그림 속 여인들은 노인이지만 추하지 않다. 그들도 거울 보기를 싫어했을까? 만약 그랬다면 초상화를 그리도록 허락하지 않았을 것이다. 그림 속 여인들은 마이클 커닝햄이 소설 《세월》에서 묘사하는 것처럼 "아름답다기보다는 멋스럽다는 표현이 어울리는 나이"라든가 "주름 잡힌 비단 같은 수척함"이 느껴진다. 그들은 수척하지만 범접할 수 없는 표정과 무게를 지녔다. 세계를 향해 겁 없이 엿을 먹일 수 있었던 20대에는 가질 수 없는 분위기다. 우리가 바라는 것은 엄격하면서도 인간에게 어느 만큼 기대할 수 있는지를 잘 알고 있는 현명한 얼굴이다.

그리움은
가닿을 수 없는 곳을
향하는 것

조지아 오키프의 〈달로 가는 사다리〉
안규철의 〈먼 곳의 물〉

사다리를 놓아 너에게 닿을 수 있다면

초저녁일까? 초록의 하늘에는 하얀 반달이 걸려 있다. 짙은 어둠의 색을 머금은 땅과 하늘의 거리는 아득하다. 그리고 그 사이, 노란색 사다리가 하나 걸쳐져 있다. 닿으려 하나 닿을 수 없는 당신과 나의 거리. 그래서인가? 〈달로 가는 사다리〉라는 제목은 언제나 '너에게로 가는 사다리'로 잘못 기억되곤 했다.

Georgia O'Keeffe, Ladder to the Moon, 1958. Oil on canvas, 101.6×76.2cm,
Whitney Museum of American Art, New York, Gift of the Emily Fisher Landau Collection.

가까이 있는 듯 보이지만 손을 뻗으면 닿지 않는 존재들이 있다.
이루기 힘든 꿈, 사랑하지만 가질 수 없는 사람….
다가갈수록 아득하게 멀어진다. 사다리를 놓아서 너에게로 갈 수 있다면.

조지아 오키프, 〈달로 가는 사다리〉, 1958

그림이 한 편의 시가 될 수 있다는 것을 증명이라도 하는 듯한 그림이다. 실제에선 절대로 일어날 수 없는 일이지만 공상이나 꿈속에서는 가능한 장면이다. 그리고 그 꿈속의 세계는 언제나 실제보다 다채롭고 흥미로운 법이다. 이런 그림을 그린 사람이 누구일까, 궁금증이 일었다. 그리고 작가의 이름을 알게 되었을 때 내가 알고 있던 화가의 대표적인 그림과 언뜻 연결이 되지 않아 깜짝 놀랐다. 조지아 오키프(Georgia O'Keeffe, 1887~1986). 그녀가 이런 그림도 그렸구나….

조지아 오키프를 처음 알게 된 것은 작품이 아니라 그녀의 사진을 통해서였다. 그녀의 남편이기도 한 미국의 사진작가 알프레드 스티글리츠(Alfred Stieglitz)가 찍은 흑백사진 속 그녀는 깊은 눈매에 오뚝한 콧날, 단정하고 육감적인 입술을 가진 지적이면서도 매혹적인 여인이었다. 틀어 올리거나 자연스럽게 풀어 헤친 머리카락, 긴 손가락, 그리고 때때로 누드를 통해 보이는 조각처럼 아름다운 몸은 모델로서 그녀가 얼마나 훌륭했는지를 증명한다.

사진 속 여인이 화가이기도 하다는 건 시간이 한참 흐른 뒤에 알았다. 그녀의 트레이드마크처럼 되어 있는 커다랗게 확대된 꽃 그림은 그 형태와 색채의 아름다움에 감탄하기 전에 성적으로 해석되곤 했다. 그 꽃들이 여성의 성기를 연상시키기 때문이다. 페미니즘 진영에서도 그녀의 그림은 종종 공격의 대상이 되곤 했다. 여성성을 이용해 상업적으로 성공하려고 했다는 것이다.

게다가 그녀는 자기보다 스물세 살이나 나이가 많은 당대 미술계의 유력 인사였던 스티글리츠의 여자였다. 이미 기혼자였던 그와 사랑을 시작하고 그가 이혼한 뒤에 결혼을 한 그녀에게는 '스티글리츠의 정부'라는 딱지가 오랫동안 붙어 다녔다. 사람들은 몸을 이용해 출세하려 한다며 그녀를 비난했다.

전기를 읽어 보면 그것이 단순한 편견만은 아니었던 것 같다. 전기에는 그녀 또한 그런 비난이 나올 것을 알고 있었고, 남성 지배적인 미술계에서 살아남기 위해서는 스티글리츠와 같은 유력자의 도움이 절대적으로 필요하다는 사실을 뚜렷하게 인지하고 있었다고 쓰여 있다. 혹시 전기 작가가 그녀에 대한 편견을 완전히 극복하지 못한 상태에서 글을 써서 조지아 오키프의 마음에 상처를 남긴 건 아닌지 모르겠지만, 하여튼 그 전기에 따르면 그녀가 스티글리츠를 택한 데는 다분히 전략적인 측면도 있었다는 것이다.

하지만 자신의 그림이 오로지 그런 측면에서만 해석되고 평가절하되는 것에 대해, 자존심 강한 그녀가 얼마나 힘들어했을지는 짐작하기 어렵지 않다. 그녀는 평생 동안 사람들이 갖고 있는 그러한 편견과 맞서야 했다. 여성 예술가에 대한 편견, 여성성을 이용하여 출세하고 상업적으로 이용한다는 편견. 그것은 재능 있고 아름다운 여성이 겪어야만 했던 불편한 시대적 상황이었다.

그 후에 조지아 오키프는 우회로가 아니라 정공법을 택했다. 자신을 공격하곤 하는 그 '여성성'을 오히려 전면에 드러낸 것이다. 여성은 아름다운 그림이나 그린다며 비웃는 사람들에게 그녀는 "아름다운 게 뭐가 어때서? 그게 왜 저급하다는 평가를 받아야 하는데?"라고 되묻는다.

그녀보다 80년 정도 뒤에 태어난 스위스 태생 예술가 피필로티 리스트(Pipilotti Rist)도 여성성에 관한 생각이 그녀와 비슷하다. 화려한 장신구를 자유자재로 바꾸어 가며 등장하고, 때로는 남장을 하기도 했던 그녀는 어느 인터뷰에서 "기껏해야 넥타이 정도로 자신을 가꾸는 남성들에 비해 훨씬 다양하게 자신을 꾸밀 수 있는 여성으로 태어난 것이 참 행복하다"고 말했다. 자신의 여성성과 아름다운 것을 사랑하는 마음을 부끄럽고 열등한 것으로 여기는 대신 자랑스럽고 당당하게 드러내는 것이다.

여성이 남성과 당당히 맞서기 위해 자신의 여성성을 부정하고 남성처럼 되어야 한다고 생각했던 1세대 페미니스트들을 지나, 여성성을 긍정하고 차이를 드러냄으로써 동등해지려고 했던 2세대 페미니스트들을 또 지나서, 양성의 구분 자체를 해체시켜 버리려는 시도에 이른 지금까지의 역사를 생각하면, 19세기 말에 태어나 20세기 초반에 활동을 시작한 조지아 오키프의 생각이 얼마나 선구적인 것이었는지는 말 안 해도 알 수 있을 것이다.

사랑해서 결혼했지만 죽을 때까지 남편의 여성 편력 때문에 고통받아야 했던 조지아 오키프는 72세에 〈달로 가는 사다리〉를 그렸다. 그녀가 젊었을 때 그린 그림일 거라고 짐작했는데 빗나간 것이다. 그녀가 그렇게 오르고 싶어 했던 곳은 어디였을까? 그것은 도달하기 힘든 예술적 이상을 상징하는 걸까? 아니면 끝까지 내 것일 수 없는 사랑하는 사람을 나타내는 것일까?

한 마리 물고기 되어 그대에게 가고 싶다

오래전이다. 인터넷으로 민중미술에 관한 자료를 검색하다가 〈먼 곳의 물〉이라는 작품을 보았다. 하얀 식탁보가 깔린 탁자에서 주홍색 물고기가 헤엄을 치고 있다. 꼬리와 지느러미를 부지런히 흔들며 가는 물고기 앞에는 물이 반쯤 채워진 투명한 유리그릇이 놓여 있다.

그런데 그 물고기는 식탁보에 물감으로 찍힌 이미지다. 단지 이미지로 존재하는 이 물고기는 실제로 존재하는 유리그릇에 담긴 물에 닿을 수 없다. 그래서인지 나는 자꾸만 이 작품의 제목을 내 멋대로 '너무 멀리 있는 물'로 읽는다. 조지아 오키프의 그림처럼 시적인 간결함이 드러나는 작품이다. 작가는 안규철(1955~). 1980년대 민중미술을 이끌었던 '현실과 발언' 동인에 참여했으며 지금까지 활발한 활동을 하고 있는 우리나라 민중미술의 대표적인 작가다.

그렇다면 이것은 극복할 수 없는 현실에 직면한 사람들을 형상화한 것일까? 그런 거라면 너무나 슬프지 않은가? 아니면 이미지와 실재의 간극을 나타내는 것일까? 혹은, 이것도 사랑으로 바꿔 읽을 수 있을까? 그때 떠오른 시 하나. 안도현의 〈그대에게 가고 싶다〉!

해 뜨는 아침에는

나도 맑은 사람이 되어

©안규철, 삼성미술관 리움 소장

식탁보 위에서 헤엄치는 물고기들에게
유리그릇에 담긴 물은 가깝지만 너무나 멀다.
그래도 열심히 몸을 저어 가는 물고기들이
미련하기보다 아름다워 보이는 것은 왜일까.

안규철, 〈먼 곳의 물〉, 1992/2004

그대에게 가고 싶다

그대 보고 싶은 마음 때문에

밤새 퍼부어대던 눈발이 그치고

오늘은 하늘도 맨 처음인 듯 열리는 날

나도 금방 헹구어낸 햇살이 되어

그대에게 가고 싶다

그대 창가에 오랜만에 볕이 들거든

긴 밤 어둠 속에서 캄캄하게 띄워 보낸

내 그리움으로 여겨다오

사랑에 빠진 사람보다 더 행복한 사람은

그리움 하나로 무장무장

가슴이 타는 사람 아니냐

진정 내가 그대를 생각하는 만큼

새날이 밝아오고

진정 내가 그대에게 가까이 다가가는 만큼

이 세상이 아름다워질 수 있다면

그리하여 마침내 그대와 내가

하나되어 우리라고 이름 부를 수 있는

그날이 온다면

봄이 올 때까지는 저 들에 쌓인 눈이

우리를 덮어줄 따뜻한 이불이라는 것도

나는 잊지 않으리

사랑이란

또 다른 길을 찾아 두리번거리지 않고

그리고 혼자서는 가지 않는 것

지치고 상처입고 구멍난 삶을 데리고

그대에게 가고 싶다

우리가 함께 만들어야 할 신천지

우리가 더불어 세워야 할 나라

사시사철 푸른 풀밭으로 불러다오

나도 한 마리 튼튼하고 착한 양이 되어

그대에게 가고 싶다

얼마나 아름다운 시인지. "나도 한 마리 튼튼하고 착한 양이 되어/그대에게 가고 싶다"를 "나도 한 마리 착한 물고기 되어/그대에게 가고 싶다"로 읽는다. 혼자서도 아니고 여럿이서, 다른 길을 찾아 헤매거나 두리번거리지 않고 그대에게 곧장 가는 길. 저 앞에 보이는 물을 찾아, 비록 그것이 넘어설 수 없는 거대한 벽으로 막혀 있을지라도, 허공에 매달린 사다리일지라도, 열심히 몸을 저어 다가간다.

에필로그

그림은 어떻게 감동을 주는가

우베 뢰쉬의 〈풍크툼〉
빈센트 반 고흐의 〈해바라기〉
에곤 실레의 〈해바라기〉

그림, 이해할 것인가 감동할 것인가

롤랑 바르트는 《카메라 루시다》라는 책에서 사진을 탐구하는 두 가지 방법에 대해 설명한다. 하나는 '스투디움(studium)'이고 또 다른 하나는 '풍크툼(punctum)'이다.

스투디움은 지식이나 교양으로서의 흥미를 불러일으키는 것으로 대부분 사진가의 의도에 따른 체험이다. 반면에 풍크툼은 사진가의 의도와 상관없이 우연히 찍힌 세부가 사진을 보는 관람객의 가슴에 찌르는 듯한 통증을 유발하는 것이라고 한다. 좀 더 간단하게 설명하자면 스투디움은 지적이고 이성적인 측면과 관련되어 있고 풍크툼은 직관적인 면과 관계가 있다고 할 수 있다. 관람객은 그 세부를 보는 순간 자기가 갖고 있던 지식이나 교양이 순식간에 해체되는 경험을 하는데, 이때 관람객의 개인적 체험이나 경험 혹은 상황은 중요한 변수가 될 것이다.

바르트가 사진 탐구의 방법이라 한 것을 그림 탐구라고 바꿔 읽어도 별 무리가 없다. 그렇게 나누어서 보자면, 미술사 강의를 주업으로 하는 나는 스투디움에 해당하는 것을 연구하고 사람들에게 전해 준다고 할 수 있다.

이 그림이 언제 만들어졌고 화가의 생애는 어떠했으며 당시의 사회, 경제, 문화적 상황은 어떠했고 기법과 양식은 어떻고 후의 영향력은 어떠했는지 등은 스투디움이지 풍크툼은 아니다. 그것은 지적인 관심과 흥미를 불러일으키고 아주 성공적인 경우라면 사물과 세상을 바라보는 눈을 새롭게 해 줄 수도 있다.

그런데 딱 거기까지다. 가슴에 찌르는 듯한 고통을 남기는 섬광과도 같은 감동은 전해 줄 수도, 의도적으로 느끼게끔 유도할 수도 없다. 그림에 감동하는 법을 가르치거나 그림과 사랑에 빠지게 만드는 일은 더더욱 없을 것이다. 사람들 각자가 풍크툼을 느끼는 지점이 모두 다르고 그 주관적인 경험을 공유한다는 것은 대부분 불가능하기 때문이다.

그렇다면 '감동'이라는 말로 축약되는 그 부분은 학문의 영역에서 제외되는 것일까? 학문은 지식의 영역에 속하고 차가운 이성과 침착한 이해를 기반으로 하므로 풍크툼과는 관계가 없다고 말할지도 모른다. 사람들은 그림이나 사진과 같은 작품을 보고 격렬한 감정적인 반응을 하는 것은 학문의 영역에서 중요하지 않거나 아무 의미가 없다

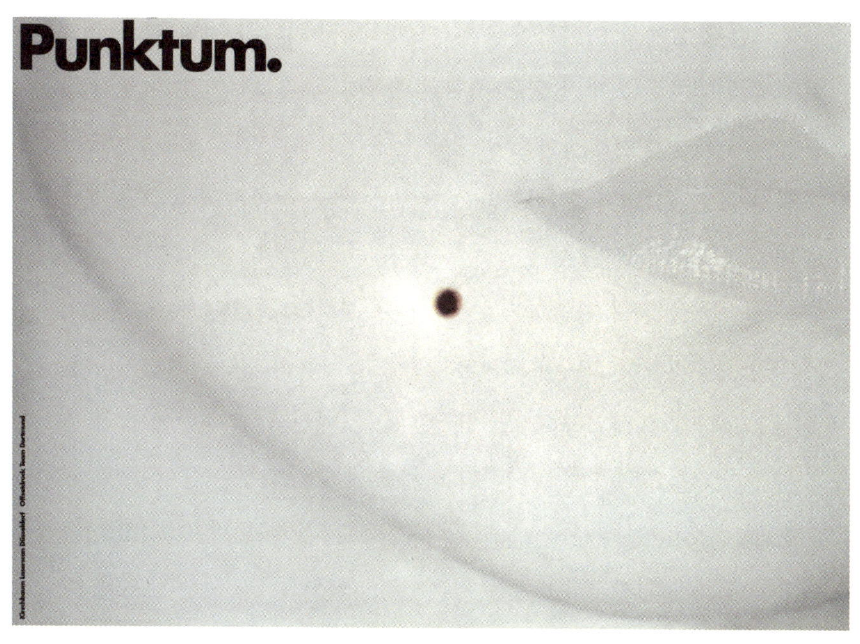

그림에 감동하는 법은 누가 가르쳐 줄 수 없다.
풍크툼을 느끼는 지점은 사람마다 다르기 때문이다.
다른 사람은 그냥 지나치는 그림의 세부가 나에게는
저 점처럼 크고 또렷하게 보일 수도 있다.

우베 뢰쉬, 〈풍크툼〉, 1982

고 생각한다. 심지어 방해가 되거나 혹은 전혀 불필요한 요소라고 생
각하기도 한다.

그런데 앞에서 이야기한 롤랑 바르트가 어머니의 어릴 적 사진을
보고 언어로 표현하기 힘든 가슴의 통증을 느낀 그 '사랑의 순간'에
언어의 사용과 한계에 대하여 생각했듯이, 제임스 엘킨스라는 미술사
학자 또한 《그림과 눈물》이라는 책에서 예술 작품과 감동의 문제에
대한 생각을 펼친다.

그의 책을 읽어 가면서 나는 몇 가지 생각에 잠긴다. 예술 작품이
지적인 즐거움뿐 아니라 열정과 감동, 그리고 비록 논리적인 언어로
설명하는 것은 불가능하지만 생과 사를 포함한 인생 전반에 걸친 통
찰을 순간적으로 주는 것이라면 적어도 예술을 다루는 분야에서만큼
은 그 '감정적인 부분'을 배제해서는 안 되는 게 아닐까? 그리고 미술
을 감동과 연관시켜서 다루는 것은 정말 학문과 관련 없는 태도일까?
그림을 보는 일이 좋아서 시작한 일인데 날이 갈수록 감동은 사라지
고 그림보다는 글자 보는 일에만 매달려 있다면 그건 과연 괜찮은 일
일까?

감동을 잃어버린 시대

나는 그림 앞에서 감동하는 사람을 믿지 않았다. 첫 번째 유럽 여행에
서 친구 따라 미술관을 돌 때에도 감동으로 말을 잃은 친구를 우습다

고 생각했다. 쟤는 정말 그림에 감동해서 저러는지, 아니면 연극적으로 과장하는 것인지 궁금했다. 그러던 중에 등에서 소름이 돋을 만큼 강한 인상을 준 작품이 나타났다. 뮌헨의 노이에 피나코테크에 있는 고흐의 〈해바라기〉였다. 나는 기쁨에 어쩔 줄 몰라 했고 그 작품 앞에서 기념사진까지 찍었다.

하지만 나중에 여행에서 돌아온 후 곰곰이 생각해 보니 이런 의문이 들었다. 내가 감동했다고 생각한 건 혹시 그 그림이 수많은 작품 가운데 내가 알아볼 수 있는 유일한 것이었기 때문이 아닐까. 마치 텔레비전에서 많이 보던 연예인을 길거리에서 만났을 때 비록 상대방은 나를 알지 못하지만 나는 그 사람이 익숙해서 반갑게 느껴지는 것처럼 말이다. 그럴 때는 그의 머리 주변에서 광채가 나는 것 같은 착각이 든다. 책에서 보던 친숙한 예술품 원작을 바로 앞에서 보게 되면 그와 비슷한 현상이 일어나는 것이다.

생각해 보라. 발바닥이 아플 정도로 돌아다니며 수도 없이 많이 본 작품 중에서 내가 유일하게 작가와 제목을 댈 수 있는 작품이 나타났는데 기쁘지 않을 사람이 어디 있겠는가? 어쨌든 냉정하게 되돌아보건대, 내가 미술사를 공부하기 시작한 것은 미술에 대해서 쓴 책이 재미있어서였지 작품이 감동적이었기 때문은 아니다. 그렇게 보면 나는 감정을 조절하고 냉정하게 이해하고 해석하는 것을 기본으로 하는 학문으로서의 미술사에 적합하게 시작했다고 볼 수도 있겠다.

제임스 엘킨스도 미술사학자로서 감동을 잃어버리고 하나의 그림에 대해 몇 시간이나 강연을 줄줄이 할 수 있는 자신에게 의문을 갖는

그림 앞에서 속수무책으로 눈물을 흘린 적이 있는가.
그림을 분석하고 이해하는 것도 중요하지만
그렇다고 그림이 주는 감동을 무시해도 되는 걸까?

빈센트 반 고흐, 〈해바라기〉, 1888

다. 그러면서 그림 앞에서 속수무책으로 눈물을 줄줄 흘린 경험이 있는 사람들을 찾아 인터뷰하고 편지를 주고받으며 연구한다. 로스코의 색면 회화나 카스파 다비드 프리드리히의 고독한 풍경화 앞에서 압도당한 듯 격렬한 반응을 보인 사람들의 감정이 무엇이었을지 들여다보고, 과거의 사람들은 그림 앞에서 현대인처럼 냉정한 관찰자로 남아 있지 않았다는 기록을 살펴보고, 감동을 불신하고 의심하는 풍조 속에서 예술 작품 자체가 차가운 이성에 호소하게 되어 버린 20세기 미술을 진단한다. 합리적인 것이 우위를 점하게 되어 버린 이 시대에, 감정이나 울음, 감동은 무시되는 이 시대에, 과연 상상력이라는 것이 존재할 수 있는지 질문하는 것이다.

마음의 벽을 치는 사람들

요즘처럼 미적 감동보다는 이성적이고 개념적인 차가운 작품이 넘쳐나는 시대에는 미술 작품을 보고 감동하기가 더욱 힘들다고 말한다. 그렇다. 뒤샹의 변기 작품인 〈샘〉이나 워홀의 〈브릴로 상자〉를 보고 우는 사람은 없을 것이다. 이런 작품은 우리에게 감동하기보다는 생각할 것을 요구하기 때문이다.

　현대미술은 감정을 움직이기보다는 지적인 놀이에 열중하는 경향이 있다. 요즘에는 작품 하나 보는 데 너무 많은 철학적 지식을 요구한다. 물론 나는 개념적인 작품들을 좋아하고 기꺼이 그 지적 유희에

동참하곤 하지만 허구한 날 그런 작품들만 보라고 한다면 정중히 사양할 것이다. 심장은 오그라들고 머리만 커다랗게 되어 버리는 것 같기 때문이다.

내가 그림이나 예술 작품과 만나는 일이 사람을 만나서 사귀고 때때로 사랑에 빠지는 과정과 유사하다는 생각을 한 것은 꽤 오래전이다. 다행히 나는 미술사를 공부하는 동안 수없이 많은 미술관 순례를 하면서 눈물을 흘리는 경험을 했다.

에곤 실레(Egon Schiele, 1890~1918)의 〈해바라기〉는 처음으로 나를 울린 작품이다. 죽을 것만 같아서 도망치듯 떠난 독일행, 낭만과는 전혀 관계가 없는 유학 생활, 말도 못하면서 무작정 시작한 아르바이트, 낯선 사람들, 지독한 외로움. 다시는 돌아가지 않을 거라고 다짐하던 날들, 어쨌든 난 살아 있을 거라고, 내 인생에 간섭하지 말라고 하늘을 노려보던 오기…. ‘버틴다’는 말이 무슨 뜻인지 절절하게 깨닫고 있던 중에 만난 에곤 실레의 해바라기는 바로 ‘나’였다.

여름내 쏟아져 내린 뙤약볕 아래서 마지막 수분 한 방울마저 공기 중으로 날아가 버렸지만 해바라기는 서 있다. 금방이라도 바스러져 버릴 것만 같은 이파리. 까맣게 타 버린 씨앗들. 그럼에도 불구하고 꿋꿋하게 버티고 선 모습. 해바라기의 자존심.

내가 거기서 본 것은 해바라기가 아니라 내 모습이었다. 나를 알 리가 없는 오스트리아의 화가가 100년 전에 그린 그림이었지만 마치 나를 잘 아는 이가 나의 초상화를 그려 준 것처럼 위안을 받았다. 물론 내가 울었다고 해서 다른 사람들도 울어야 하는 건 아니다. 그리고 옛

그림을 보고 감동하는 것은
사람을 만나 사랑에 빠지는 것과 비슷하다.
격렬한 감정에 휩쓸리는 것이 두려운 사람들은
사랑에 빠지지 않으려고 마음의 벽을 친다.
그러나 사랑하지 않고 어떻게 살 수 있을까.

에곤 실레, 〈해바라기〉, 1909

날에는 울었지만 지금은 저 작품 앞에서 눈물짓지 않는다. 왜냐하면 그때의 나와 지금의 나는 다르기 때문이다.

그 후에 내가 흘린 눈물과 감동이 무엇 때문인지 오래 생각하고 분석하는 학문적인 과정을 거쳤지만 그 경험을 통해 나는 작품이 주는 지적인 흥분과 관심 이외에 무언가가 있음을 알게 되었다. 그리고 생각한다. 우리가 그림 앞에서 울지 않으려고 하는 것은 힘든 세상살이를 좀 더 잘 견디기 위해서가 아닐까?

잊기 힘든 끔직한 경험을 한 사람이 그 경험에서 놓여나는 한 가지 방법은 그것을 객관화해서 냉정하고 엄밀하고 분석적인 언어로 설명하는 것이다. 합리화의 과정도 그 속에서 일어난다. 사랑에 빠져 격렬한 감정의 소용돌이에 휩쓸리게 되면 중심을 잡기 어렵고 상실의 고통 속에서 벗어나기 힘들다. 그러므로 약한 사람들은 사랑에 빠지지 않기 위해 마음의 벽을 친다. 우리가 그림 앞에서 감동하지 않으려 하는 것도 마찬가지일지 모른다.

사랑하지 않고 어떻게 살 수 있을까

나는 그림을 보는 방법에 대한 강의를 주로 해 왔다. 그림에서 상징을 읽어 내고 작가의 의도를 읽거나 적절히 해석하는 법, 양식을 구분하는 방법과 미적인 감상을 하는 법, 사회학적으로나 심리학적으로 그림을 감상하는 법, 젠더적인 관점에서 그림을 보면 어떻게 다르게 보이는지 등등. 그 모든 방법들에 대해 강의를 하면서 마지막에는 이렇게 고백할 수밖에 없었다.

"누구나 자신의 경험과 생각의 한계 안에서 느끼고 생각하고 해석하지요. 그런 의미에서 보자면 아무것도 느끼지 않거나 아무것도 모르는 건 아닐 겁니다. 제가 여기서 그림을 해석하는 다양한 방식에 대해 말씀드리지만 이 강의가 여러분들에게 그림에 감동하는 법까지 알려 주지는 못합니다. 그림에 감동하는 것은 작품을 바라보는 '나'와 작가가 어떤 의도를 가지고 만든 '작품'이 어느 시점엔가 우연히 만나 순간적으로 일어나는 불꽃과 같은 것이기 때문입니다. 인간이란 무엇인가에 대해 수십 편의 논문을 썼던 사람도 평생 동안 숨을 쉴 수 없을 것처럼 격렬하게 다가오는 사랑의 경험을 못할 수도 있는 것처럼, 어떤 이는 죽을 때까지 그림에서 위안을 받거나 감동의 눈물을 흘리지 않기도 합니다. 그것은 전적으로 우연히 일어나는 '사건'입니다."

그렇게 '전적으로 우연히 일어나는 사건'은 뜻밖에 드물지 않게 일어난다. 많은 사람들이 그림 앞에서 눈물을 흘리고 감동과 위안을 받는다. 이 책은 그렇게 감동적으로 다가온 그림들에 대한 이야기다. 내가 감동받은 작품이 대부분이긴 하지만 때로는 지인들의 이야기도 들어 있다. 우연히 본 그림이지만 마음에 더할 수 없이 위안이 되었던 작품도 있다. 그중에는 미술사적으로 주목할 만한 작품들도 있지만 그다지 많이 알려지지 않은 것들도 있다. 사람들이 살면서 느끼는 사랑, 이별, 외로움, 슬픔, 질투, 분노의 감정들은 예술 작품에 표현되기 마련이고 누군가에게는 공감을 일으킬 것이다. 나는 그냥 그 이야기를 해 보고 싶었다. 그것뿐이다.

용감한 사람만이 사랑에 뛰어든다. 세상의 중심에서 맨몸으로 맞설 용기와 힘을 가진 자들만이 다치고 상처받는 것을 두려워하지 않는다. 그들은 떠밀리고 내처지고 몰두하고 흥분되는 사건에 자신을 맡긴다. 하지만 그것은 매우 위험한 일이다. 비록 인간이라는 존재가 머리만이 아니라 가슴도 있는 존재이고, 생각하는 것과 동시에 느끼고 흔들리는 존재이긴 하지만, 후자를 인정하고 받아들이는 것은 상처받을 위험까지도 무릅쓰는 것이다.

그래서일까? 20세기 미술은 감정을 말리고 이성만이 거대해진 건조한 상황에 딱 맞는 언어로 형상화되었고 그 안에서 우리는 안도의 숨을 내쉰다. 그렇다면 현대인은 그림을 이해하는 능력을 상실했을까? 설명은 할지언정 그 대상과 가까워지려 하지 않는 사람들. 이성을 총동원하여 해석하고 분석하고 이해하려 하지만 사랑하려 하지는 않는 현대인들은 지적인 기쁨은 기꺼이 얻으려 하지만 감동은 받으려 하지 않는 것이다.

'위험한 열정보다 침착한 계산'을 선택한 현대인에게 제임스 엘킨스는 "바라보는 행위 속에 자신을 던져 넣고, 보이는 모든 것을 받아들일 준비"를 하라고 과감하게 요구한다. 비평적 관점을 위해 일정한 거리를 필요로 하는 학자들에게는 "아이러니의 냉정함에 싸인 학문적인 열정"이나 "지적인 열성" 대신에 미칠 것까지 각오하는, 모든 경계가 사라져 버리는 "사랑"에 대한 경험을 이야기하라고 권유한다.

그러기 위해서는 무엇을 해야 하는가? 엘킨스는 혼자서 그림과 대면하고, 모든 것을 보려는 욕심을 버리고, 충분한 시간을 할애해서 집중하고, 스스로 생각하고, 작품에만 충실하라고 조언한다. 학자들에게는 남들이 해 놓은 말을 기웃거리며 눈치 보지 말고 자신이 본 대로, 자기 느낌 그대로 말할 것을, 그리고 그림이 자기에게 작용하는 것을 막지 말고 마음을 열고 바라볼 것을 조언한다.

이 말은 미술사를 업으로 삼고 있는 내게 의미 있는 도전으로 다가온다. 나는 한 문장을 쓸 때도 다른 이의 저작을 몇 번씩이나 들춰보며 혹시나 틀린 말을 하지는 않는지 확인하고, 가능하면 '나'를 노출시키지 않는 중성적인 언어를 사용하기 때문이다. 그러나 그림을 텍스트 안에서 이해하거나 장식물 이상의 뭔가로 경험하기 위해서는 검증되지 않은 생각과 감정을 과감하게 받아들일 준비를 해야 한다. 엘킨스의 말대로 사랑하지 않고 사는 삶이 더 쉬운 건 사실일지 모르지만, 사랑하지 않고 이 지난한 삶을 어떻게 견딜 수 있단 말인가….

조이한

성신여자대학교에서 심리학을 전공하고, 독일 베를린의 훔볼트 대학에서 미술사와 젠더학을 공부했다. 현재 서강대 평생교육원, 인하대 등에서 강의를 하고 있으며 한겨레교육문화센터, 상상마당 등에서 일반인들을 위한 미술사 강의도 꾸준히 하고 있다. 지은 책으로는 《천천히 그림 읽기》(공저), 《그림에 갇힌 남자》, 《위험한 미술관》, 《혼돈의 시대를 기록한 고야》, 《베를린, 젊은 예술가들의 천국》, 《뉴욕에서 예술 찾기》 등이 있으며, 옮긴 책으로는 《책 읽는 여자는 위험하다》, 《이 그림은 왜 비쌀까》, 《예술가란 무엇인가》(이상 공역) 등이 있다.

그림, 눈물을 닦다

조이한의 그림 심리 에세이
위로하는 그림 읽기, 치유하는 삶 읽기

1판 1쇄 발행 2012년 7월 12일
1판 2쇄 발행 2014년 2월 10일

지은이 | 조이한
펴낸이 | 고영수
펴낸곳 | 추수밭
등록 | 제406-2006-00061호(2005. 11. 11)
주소 | 135-816 서울시 강남구 도산대로 38길 11(논현동 63) 청림출판 추수밭
       413-120 경기도 파주시 회동길 173(문발동 518-6) 청림아트스페이스
전화 | 02)546-4341
팩스 | 02)546-8053

www.chungrim.com
cr2@chungrim.com

ISBN 978-89-92355-88-9 (03810)